O Sangue dos Dias Transparentes

Paulo Franchetti

O Sangue dos Dias Transparentes

Ateliê Editorial

Copyright © 2002 by Paulo Franchetti

Direitos reservados e protegidos pela Lei 9.610 de 19.02.1998.
É proibida a reprodução total ou parcial sem autorização, por escrito,
da editora.

ISBN – 85-7480-134-8

Direitos reservados à
ATELIÊ EDITORIAL
Rua Manoel Pereira Leite, 15
06709-280 – Granja Viana – Cotia – SP
Telefax: (11) 4612-9666
www.atelie.com.br   atelie_editorial@uol.com.br

2002

Foi feito depósito legal

Sumário

Acordes 9

Árvore 13

Cabelos 15

Campo de Aviação 19

Casal 23

Chuva 27

Cidade 31

Conselho 35

Conversa 39

Dança 43

Discurso 47

Duplo 51

Estrada 53

Foto 55

Garagem 61

Luar 65

Mangueira 69

O Sangue dos Dias Transparentes

Morte 75
Moto 79
Música 83
Noite 87
Óculos 89
Onça 93
Papel 97
Pára-quedas 101
Ponte 103
Urubu 105
Viagem 109
Visita 113
Vulto 117
XPTO 123

Acordes

Naquela tarde, quando procurava uma caixa de disquetes, encontrou os cadernos. Viu a data na primeira folha de um deles. Tinha quinze anos. Sentou-se no chão, perto do armário. Não havia nada ali que valesse a pena. Apenas sobressaltos que as palavras não tinham conseguido recolher.

Um dia não haveria ninguém que se pudesse lembrar. Os seus cabelos loiros, cheios de cachos, a cintura estreita. Nunca mais a vira. Para ele, ficara sendo sempre aquela menina bonita, com a pele justa no corpo, a calça jeans, uma pulseira de prata e de lápis-lazúli e o perfume leve de madeira. Mesmo que lhe tivessem dito que estava feia, arrastando a vida com dois ou três filhos, sem profissão, vivendo de pequenos trabalhos.

Ficou algum tempo com essa imagem e depois percorreu rapidamente as anotações, linhas irregulares por onde as sensações às vezes iam se aproximando perigosamente da superfície, como sombras de peixes sob água escura, e depois rapi-

O SANGUE DOS DIAS TRANSPARENTES

damente se desfaziam em garranchos ilegíveis ou numa frase feita.

Quando se levantou, sentiu as juntas das pernas. Estava abafado e nenhuma brisa entrava pela janela totalmente aberta. Do outro lado da rua, o homem do sexto andar acabava de chegar. Sabia o que ia fazer. Por isso, caminhou até a cozinha, preparou um drinque e voltou para o escritório. Antes de começar, empilhou os cadernos e, enquanto esticava as pernas mais um pouco, olhou novamente pela janela. O homem tinha ligado a televisão e se deitava no sofá, com um copo de cerveja. Mais abaixo, as moças estavam ouvindo música, como sempre, embora não pudesse ver nenhuma pela janela, porque as cortinas estavam fechadas. Entre os ruídos dos carros podia, às vezes, reconhecer qual era a canção que escutavam. Daquela, gostava muito.

Ouvia perfeitamente os acordes da guitarra. A noite estava muito calma. A rua estava tranqüila. Depois de escutar um pouco, debruçado na janela, tirou os sapatos. A canção dizia: perdendo a minha religião. Lembrou-se de quando a escutou pela primeira vez. Acabava de ser lançada e tocava por toda a parte numa cidade estranha que visitava na companhia de um amigo. A vida era maior (dizia a letra da música), e ele ainda não tinha falado o suficiente.

Pousando com cuidado o copo no canto da mesa, abriu os cadernos mais recentes, depois os outros, que foi espalhando de tal forma que em breve teve de pôr o copo na beirada da estante. Antes, bebeu um grande gole. Depois olhou para a tela do computador, viu que o programa já estava carregado, examinou um dos cadernos, digitou qualquer coisa, tomou outro gole. Alternando assim a atenção e os sentidos, nem percebeu a noite avançar até a rua ficar completamente muda. Quando ouviu os primeiros ruídos do dia, foi até a janela e observou a claridade que começava a iluminar o céu de chuva. Ouviu na memória ainda outro verso cantado na véspera, do outro lado da rua. Alguém escolhia as confissões, tentando manter um olho sobre outra pessoa. Ou sobre si mesmo? Era isso. Mas em breve, ele sabia, na mesma canção alguém iria se lamentar de já ter dito tanto.

Espreguiçou-se, sentiu que estava com muita fome e com muito sono, mas que aquela era provavelmente a única maneira de lidar, de uma vez, com tudo aquilo.

Árvore

Sem que ele esperasse, ela começou a montar a árvore de Natal. Sozinha, foi buscar a caixa grande que ficava embaixo da cama. Arrastou-a pela sala, até o canto. Depois, com algum ruído, retirou a árvore da caixa, encaixou as partes e montou a base. Por fim, assentando-a sobre um pequeno tapete, começou a pendurar os enfeites.

Ele lia o jornal, e de vez em quando olhava os progressos. Falavam então.

Ela foi, parte por parte, armando a árvore. Por fim, colocou a ponteira e um cordão vermelho, que circundava os enfeites, correndo em espiral. Quando acabou, acendeu as lâmpadas e se sentou no sofá, na frente dele.

Achou que estavam lindas, as duas. Ele olhava para a árvore e sentia que tinha finalmente um lar. E para ela, que tinha os olhos muito abertos e contemplava o resultado do trabalho.

Comentando algo, ela voltou para o canto e começou a redistribuir as bolas. Aproveitando a ocasião, ele se levantou e foi para a cozinha. Encheu o copo de Jack Daniels, bebeu tudo num só gole, encheu-o de novo e voltou para o seu lugar.

O Sangue dos Dias Transparentes

Não retomou o jornal, porém. Sentado, olhando fixamente para o lugar onde ela estava antes, via a forma do seu corpo no tecido do sofá. Bebeu rapidamente o segundo copo e sentiu que começava a ficar zonzo.

Ela continuava a recompor os enfeites, comentando animadamente os resultados.

Ele ainda tentou ler o jornal, mas tinha perdido o interesse. Nem conseguia entender bem o que lia. De modo que se levantou, caminhou até ela e pôs-lhe a mão no ombro.

Ela se virou, olhou-o muito séria e voltou ao que fazia. Ele não desistiu. Deu um passo à frente, ficando com o corpo bem colado ao dela. Incomodada, ela endireitou o corpo. "Que foi?", parecia dizer, mas ele não respondeu nada. Passando a mão sobre os cabelos dela, olhou-a, agora dentro dos olhos.

Ela parecia confusa. Mas o beijou também, quando ele a beijou, e pôs a mão sobre os cabelos dele, na parte em que eram mais curtos, junto à nuca. Ele sentiu que ela o acariciava e a arrastou para o sofá, despindo-a com alguma brutalidade. Ela mantinha os olhos abertos, e ele viu que, de vez em quando, olhava para a árvore, com uma vaga preocupação.

Quando terminaram, ela se levantou, ajeitou as roupas e voltou ao que estava fazendo, muito compenetrada.

Abrindo o jornal, ele ainda disse que aquele enfeite particular talvez ficasse melhor num galho de cima. Ela não concordou, e o pôs, como queria, no mais baixo de todos, quase roçando o chão.

Ainda lhe perguntou se não achava que daquele jeito ficava engraçado. Ele disse que sim, sem muita convicção, virou a página e mergulhou na leitura de um outro artigo.

Quando julgou que tinha terminado, ela lhe disse que ia se deitar, deu-lhe um beijo e foi para o quarto.

Deixando o jornal sobre o sofá, ele caminhou novamente até a cozinha, encheu o copo e começou a voltar. No meio do caminho, porém, desistiu, sentou-se no chão e ficou bebendo, enquanto olhava o jogo delicado das luzes e cores na árvore que estava, era verdade, engraçada.

Cabelos

"Você vai ficar em casa hoje?" Ela estava lavando os cabelos e ia começar a pintá-los, quando ele perguntou. "Vou", ela disse, sem olhar para ele. "Então te vejo à noite." Deu-lhe um beijo quase sem tocá-la e saiu.

Aos sábados, jogava futebol com os amigos do clube. Ela às vezes ia junto, para tomar um pouco de sol, quando fazia tempo bom. Naquele dia, porém, não tinha vontade, estava um pouco frio.

Ouviu o carro na garagem, o portão, a aceleração até a esquina. Olhava-se no espelho. Os cabelos estavam ficando mais ralos. Perdia muitos todos os dias, quando passava a escova. O médico dissera que era assim mesmo, nada havia que fazer. No inverno cresceriam de novo: era alguma coisa relativa ao calor e ao suor.

Mas o que a incomodava é que os fios brancos cresciam em grande quantidade. Ou então eram só os castanhos que caíam. De qualquer forma, queria começar logo o tingimento.

O Sangue dos Dias Transparentes

Enquanto punha a luva de plástico, pensava como sempre na sua vida. Viviam bem e calmamente. Não terem filhos tinha sido um acordo, não uma imposição. Por certo teria gostado de crianças, como gostava dos cãezinhos. Mas não se sentira nunca preparada para ter de todos os dias lidar com aquilo. Era uma coisa para sempre, como diziam as amigas.

Tentava não pensar muito nisso, como também tentava não pensar muito no marido, nem na casa. Hoje era o dia dos cabelos. Da última vez fora à cabeleireira. Mas não tinha dado muito certo. E não se sentia bem, afinal, com aquela espécie de confissão de velhice. As amigas gostavam, como também gostavam de se mostrar as varizes, as gorduras da barriga, da bunda ou a pele do pescoço. Nunca entendera aquilo: uma competição para ver quem tem mais misérias. Era a prova da intimidade. Passado aquele momento, o que contava era a competição. E nada adiantava saber das mazelas das outras, se elas também sabiam as nossas. Era o que pensava, ao abrir o novo tubo de tintura.

Fez o ritual com atenção e com cuidado. Passava o pente no ritmo certo, espalhando a tinta por igual. Os cabelos, naturalmente ondulados, ficavam esticados, molhados, deixando ver, entre os fios arrumados pelo pente, o couro da cabeça. Contemplou a forma do seu crânio, assim modelada pelos fios molhados, e não a achou bonita. Tinha as têmporas afundadas, uma elevação cônica no alto da cabeça, e a cabeça parecia mais larga no rosto do que na nuca. Por sorte, havia o disfarce dos cabelos. Até quando, era a questão. Mas sempre podia usar perucas, pensava com horror. Devem cheirar mal, dar coceiras. Sacudiu então a cabeça, como se fosse para espantar essas idéias, e viu que já era tempo.

Durante os longos minutos em que secava os cabelos, pensava no que poderia fazer. Já não queria mais ficar ali a tarde toda, esperando que ele voltasse só à noite, depois do jogo, da cerveja e do churrasquinho. Aprontou-se, modelou bem os cabelos, como se os defeitos que vira fossem evidentes para todos e precisassem de disfarce.

16

Entrou no carro ainda sem saber para onde ia. Acabou no shopping center, olhando as vitrines com desinteresse.

Tomou um sorvete, culpada porque ganhava peso, e desceu para o térreo, onde tinha posto o carro.

Do lado oposto, um homem vinha caminhando em ziguezague, tentando acender um cigarro. Parecia bonito, de longe, com o paletó bem cortado e a gravata flutuando no vento. Parou e ficou olhando para ele. Quando ele a viu, pareceu um pouco embaraçado. Depois, sorriu. Como ela não parasse de olhar, embora fizesse um movimento para entrar no carro, ele se aproximou e disse "Olá". Ela sorriu. Ele talvez a achasse bonita, pois perguntou se não se conheciam. Ela disse que não, mas sempre era tempo, ou ele não achava?

Voltaram para o shopping, andaram à toa entre as vitrines e ela, para o acompanhar, tomou outro sorvete. Então ele lhe perguntou se não queria ouvir música em sua casa. Era uma segunda cantada. Tão pobre e descarada, que ela caiu no riso. Ele também ria, e só ficou sério quando ela pôs a mão sobre a dele e disse "Claro, por que não? Você vai na frente e eu sigo no meu carro".

Ela sabia talvez o que estava fazendo. Pelo menos parecia decidida. Ele lhe preparou um suco, pôs um disco, e se sentou ao lado, no sofá. O jeito como o olhava era uma mistura de coisas. Quando começaram a se apalpar, ela percebeu que tremia de excitação e que lhe estava repetindo que não ia fazer nada sem camisinha. Quando, finalmente, ainda com parte das roupas, ele colocava a camisinha, ela se despiu, respirando sofregamente.

Antes que pudesse deitar-se em cima dela, ela se pôs de quatro, e foi assim que fizeram a primeira vez. Com o rosto no chão e as mãos estendidas para a frente, ela ficou praticamente imóvel enquanto ele a empurrava com o corpo para a frente e a puxava pelas ancas para trás.

Depois, sobre ela, quando acabava pela segunda vez, ele deve ter podido ver que ela não tinha expressão alguma. Só respirava profunda e rapidamente, como se estivesse sem ar.

Assim que ele terminou, ela lhe disse que estava atrasada e precisava ir embora. Perguntou-lhe o nome, queria o telefone. Ou disse que queria, por princípio. Ela não disse nada. Só disse "Ciao!", sem o beijo frio da despedida. Ele demonstrou gostar daquilo. Pareceu aliviado, quando lhe abriu a porta e disse alguma coisa que ela já não ouviu direito.

Voltando para casa, ela logo se enfiou no banho. Quando se enxugava, percebeu que não tinha gostado da cor, afinal. Por isso pintou de novo o cabelo, experimentando a tinta mais escura que alguém lhe dissera que ressaltaria a cor dos olhos.

"Não é um dia comum", pensou, ao ouvir o barulho da porta e logo, perto de si, a voz do marido que voltava tão cedo. Desligou o secador. "Ainda pintando os cabelos, querida?", ele disse. Ela explicou que era já a segunda vez, pois a primeira tinta não prestava.

Ele a abraçou por trás, beijou-a no pescoço e disse: "Que tal se a gente fosse jantar fora, hoje? Faz tanto tempo que não tiramos um tempo só pra nós". Ela se virou, sorrindo. Achava ótima a idéia. Sentiu que ele estava excitado.

Começou a beijá-lo e sentiu que ele a levantava do chão e a carregava para a cama. Rapidamente, como nos filmes, ele tirou o abrigo, descalçou os tênis e se lançou sobre ela. Enquanto observava a intensidade do prazer dele, foi sendo tomada por uma imensa ternura. Quando ele terminou, e ficou relaxado sobre ela, acariciando-lhe as costas perguntou-lhe se ele sabia que ela o amava muito. Ele respondeu que sim, enquanto deslizava para o lado e se aninhava, com o rosto ainda sobre o corpo dela. Ela então perguntou se sabia que ela nunca faria nada que o pudesse fazer sofrer. Ele disse um outro sim, já mole de sono e de prazer. E enquanto ele adormecia, ela continuou repetindo, ainda por um bom tempo: "Nunca, meu amor, nunca".

Campo de Aviação

No fim da tarde, ele telefonou. Ela logo percebeu, pela voz e pelas frases desconexas, o estado dele. "Vou para aí", disse. E foi. Dez minutos depois, estavam saindo de carro. "Para onde quer ir?", ela perguntou. "Para o campo de aviação", ele disse.

Ela sabia o que ele queria dizer. Não era ali. Na cidade deles, pequena, o campo estava sempre vazio, era apenas onde se ia aprender a dirigir. Naquela tarde de segunda-feira, devia estar deserto. Era o que lhe convinha naquele estado de espírito. Não queria que o vissem assim.

Foi então para o parque. Ficava bem ao lado da casa dele. Mas que era o que mais podia lembrar o que ele procurava.

Quando chegaram, ela parou o carro junto aos eucaliptos. Desceram e atravessaram o pequeno bosque, em direção às churrasqueiras e umas mesas de concreto, com banquinhos, onde ele quis ficar.

Ela olhava para ele, levemente recriminatória. Ele para ela, com aquela expressão vaga que ela conhecia bem. Acen-

O SANGUE DOS DIAS TRANSPARENTES

deu um novo baseado. Ela lhe disse ainda: "Para que isso? Você quer se matar, ou o quê?" Ele deu uma tragada e começou a rir. Ela olhava fixamente para ele. Depois levantou-se e foi até um pé de flores-de-são-joão.

Ficou ali, como se aquilo a protegesse. Ele a chamou. Tinha agora os olhos meio vidrados. Pôs-se então a abaná-la com a mão, como se enxotasse mosquitos. Mas não havia mosquitos. Então ela lhe disse: "O que está fazendo?" Era cruel. Ele ria e dizia que era preciso espantar as rugas que chegavam ao seu rosto. Ela sorriu, passou a mão pelo rosto dele, tirou o cabelo de cima dos olhos. Estava muito triste.

Como se sentisse um choque, ele ficou de pé. Depois se sentou de novo, deitou-se sobre os braços. Falava assim meio sufocado, com a boca junto à mesa, e era difícil entender o que dizia. Perguntou-lhe se não queria ir embora. Ele disse que não, pediu-lhe que ficasse por perto.

Enquanto passava os dedos como um pente nos cabelos dele, lembrava de quando se viram pela primeira vez. Estavam ainda no colégio, na primeira série. Lembrava de quando dançaram, de quando foram ao cinema. Ele logo se pusera a beijá-la como um tarado e a meter a mão no meio das suas pernas. Dera-lhe um tapa na cara e saíra correndo. Tantos anos sem se falarem, outros falando apenas o essencial, como quando trabalharam juntos nas quermesses da igreja.

Ela se casou primeiro. Ele, logo depois. Puderam então começar de fato a ser amigos. Não os dois apenas, que isso era impossível naquela situação, mas toda a família, os quatro, nos jogos de buraco, piqueniques, festas das crianças. Mudaram-se todos para aquela cidade, quando a firma fechou a filial. Parecia uma conspiração para mantê-los sempre juntos.

Quando enviuvara, chegou a desejar que o mesmo acontecesse para ele. Mas não aconteceu, nem aconteceria. Desde então ele começou a naufragar. Era agora a primeira vez que lhe pedia companhia, a primeira que ficavam a sós.

Passava as mãos pelos cabelos dele e já não sentia mais nada. Viu que ele dormia sobre a mesa. Olhou-o com tristeza, deu-lhe um beijo maternal no alto da cabeça e voltou para o carro sem olhar para trás.

Casal

Ele estava sentado no sofá. Via tevê e tomava uma cerveja. Viu quando ela atravessou o corredor e foi para a cozinha. Escutou abrir a geladeira. Sem se mover, podia imaginá-la olhando para dentro, com um olhar vazio. Em breve fecharia a porta e voltaria para o quarto. Fazia calor. Nem uma brisa para secar o suor do corpo.

Ela fechou a geladeira, como previsto, mas não voltou para o quarto. Sentiu que ela estava olhando para ele, mas não virou o rosto. Novamente, imaginou-a apenas: estava olhando com a face dolorida, a mão apoiada talvez no canto da mesa, como se estivesse para cair. Nenhuma surpresa, pensou, se caísse de verdade.

Ouviu-a voltar para a cozinha, encher um copo de água. Irritava-o pensar que fazia barulho engolindo a água, ou que fechava os olhos, quando inclinava a cabeça para trás. Parecia-lhe horrível. Ele também não estaria melhor aos olhos dela, de cuecas, com a lata de cerveja sobre o encosto do sofá, assistindo àquela idiotice. Pouco importava também.

O SANGUE DOS DIAS TRANSPARENTES

Ela passou de novo pela sala, sem parar desta vez. Pelo menos continuava decente, pensou, pois não batia as portas. Ouviu-a ao longe se deitar na cama, o rangido do estrado do colchão. Lia uma revista? Olhava para cima com os olhos vagos? Fingia dormir, na esperança de que ele fosse até lá?

Levantou-se, apanhou outra cerveja, caminhou até a janela. Sabia que ela o estaria agora ouvindo, como ele a ela há pouco, e isso o irritava. Como iam resolver aquilo? Quem falaria primeiro? Voltou para o sofá, acendeu um cigarro. Pensou: ela vai logo fechar a porta, por causa do cheiro da fumaça. Deu uma segunda tragada e ouviu o barulho do trinco da porta do quarto de dormir. Melhor assim, pensou.

A cerveja estava ficando mais amarga. Foi até o bar e encheu um copo de uísque. Assim, temperada por um gole de álcool, a cerveja voltaria a ser agradável.

Desligou a tevê, já que ela estava no quarto, pôs os fones e ligou o toca-discos. Desde que a conhecera ouvia aquela banda, conhecia aquela voz. Você não tem nada pra dar, dizia a música, você não tem nada, nada. Pelo menos, era isso o que entendia com o pouco inglês que conhecia. Mas não tinha importância, pensava. Era melhor sem compreender. Uma tradução matava tudo. O bom era imaginar, colocar ali o que se quisesse, quebrado, sem ordem, cada hora uma coisa.

Estava agora pensando que era assim no começo com eles. Enquanto se conheciam, imaginavam. Era diferente a cada vez, ou inesperado, pelo menos. Agora, imaginar era saber tudo.

Acabara o cigarro. Precisava pegar outro.

Quando abriu os olhos, viu que ela estava sentada no chão, bem perto dos seus joelhos. Deu um pulo, de susto. Ela riu. Há muito tempo não via os seus dentes tão brilhantes, num sorriso aberto. Fechou os olhos, deixou a cabeça cair para trás.

Sentiu que ela mexia na sua cueca, que começava a chupá-lo. Aquilo era novo entre eles, tão disparatado. Estava zonzo, a música continuava e era bom aquilo. Não abriu os olhos. Depois, só se deitou ao comprido no sofá e adormeceu.

Quando acordou, era já de manhã. O sol entrava pela janela e aquilo parecia um forno. Lembrou-se confusamente do que tinha havido. A cabeça doía, tinha a boca amarga.

Direto para o banheiro, tomou uma ducha, tentou vomitar, mas não conseguiu. Depois, caminhou para o quarto, pensando no que diria a ela, como recomeçariam tudo e até quando duraria novamente. Quando entrou, viu o guarda-roupa aberto e vazio. Nem um bilhete, nem um recado na secretária. Enquanto se vestia, pensou que não teria conseguido imaginar um jeito melhor.

Chuva

Afinal era bom que chovesse tanto. O vizinho do quarto ao lado não escutaria nada. A dona da casa não viria ao quintal com uma água dessas. Tinham a noite toda. Não toda, porque o ônibus dela saía às seis da manhã. Tinham de caminhar até o ponto de táxi, ir até a rodoviária. Tinham de sair dali às cinco.

Pensava em tudo isso, várias vezes recapitulava tudo, porque tinha medo. Quando ela chegou, tremia, como se estivesse com frio. Ela entrou, molhada. Estava linda, radiante naquela roupa de sempre: jeans, camiseta larga, uma tiara no cabelo. Era meio gordinha e por isso tinha a pele bem lisa nas maçãs do rosto.

Ele tinha estado com mulheres. Mas só prostitutas, algumas vezes. Nunca tinha saído com uma colega, muito menos uma que gostasse dele. Parecia mais difícil. Pensava sempre naquilo: como se olhariam depois, nos corredores da escola? Que diria ela depois, para si mesma ou para a melhor amiga? Não eram namorados, não queria ficar com ela. Ela o amava.

O Sangue dos Dias Transparentes

Por quê, não sabia, mas era visível, embora tivesse um namorado firme há muito tempo.

Tinham ambos chegado de fora para começar o curso, era tudo novo para os dois. Tinham encontrado um ponto comum no gosto pela música, foram ao cinema duas vezes. Agora ela estava ali, belíssima. Depois aprendeu esse mistério de as mulheres, até as mais feiosas, se revestirem dessa radiação brilhante quando sozinhas com um homem, animados ambos pelo desejo e pela novidade. Também aprendeu como é passageira a impressão, como esse momento some e os dois parecem perguntar-se o que de fato aconteceu.

Era um quarto de estudante. Não tinha mais que uma cama e uma mesa. O armário num canto, com um espelho na porta, estava coberto de livros e de roupa suja. Faltava experiência: nem uma bebida, nem uma xícara de chá...

Foi preciso que ela dissesse que tinha de tirar a roupa e pôr para secar. Em seguida, lá estava de calcinha e sutiã, enquanto ele pendurava as peças nas portas abertas do armário. Quando se virou, ela estava na cama, coberta. Viu sobre a sua cadeira o sutiã e a calcinha dela, e teve um calafrio.

Apagou a luz. Em pé no meio do quarto, em desamparo, ouvia o ruído da chuva e já começava a se arrepender daquilo. Se apenas a imaginasse ali com ele, se estivesse sozinho, ouvindo a chuva na janela, seria mais acolhedor. Ou então se já tivesse passado aquela noite e fosse agora uma outra noite, podia também se deitar no escuro, enrolar-se no cobertor e lembrar de tudo.

Mas ela estava ali, e ele tinha de fazer alguma coisa. Tirou a roupa, que deixou no chão, e se enfiou na cama, ao lado dela.

Tinha era um grande medo, reconhecia. Com as prostitutas, era diferente: sabia o que ia fazer lá. Elas também sabiam. Tratavam do negócio e subiam para a execução do acordo. Mais ou menos como se vai ao dentista ou ao barbeiro. As putas faziam tudo, fingiam, e ele sabia que era fingimento aquele supremo prazer que elas demonstravam enquanto remexiam as cadeiras. Agora pensava naquilo e achava graça em imaginar que deviam todas cursar uma escola, pois faziam tudo tão igual, até as caretas.

Então percebeu que estava sem fazer nada há mais tempo do que poderia ser decente. Estava ali na cama, inerte e quieto.

Ela se encostou, pôs a mão sobre o peito dele e ficou bem quietinha, acariciando os pêlos. Naquela calma, embora ainda tremesse um pouco e só conseguisse murmurar uma desculpa por estar com tanto frio, foi a primeira vez que sentiu de fato um corpo de mulher.

Não eram os músculos tensos no trabalho das mulheres da zona, nem a carne oferecida com consciência do que tinha e do que podia. Sentia, ao lado do seu corpo, o dela quase em repouso. O ventre era quente, os pés eram gelados, os seios davam uma sensação estranha de frescor.

Queria agradecer-lhe de alguma forma aquele acolhimento. Parou de tremer, sentiu-se como quando imaginava aquilo, encolhido sozinho naquela cama. Tinha um conforto diferente ao sentir que ela respirava sobre o seu ombro, enquanto a mão dela descia sob o queixo, em direção ao lado oposto do corpo.

Virou-se, como se imitasse o que ela fizera antes. Era agora ele que percorria o corpo dela, sem beijá-la. Os seios grandes continuavam frescos, o ventre continuava quente. Pôs finalmente a mão sobre os pêlos, entre as pernas, e sentiu aquela pequena elevação. Não quis pensar "monte de Vênus", como nos textos, mas o pensamento passou rápido mesmo assim e por ter sido expulso deixou uma indecisa paisagem, como uma alucinação: o monte coberto de arbustos, a fonte, a gruta.

Mas enquanto a mente brincava e divertia o espírito, o corpo seguia o caminho próprio: crescia com o calor do sangue, que se agitava todo no meio da calma aparente dos gestos.

Estavam ainda nos beijos e sentia já aquela dor no diafragma, prestes a explodir. Deitado sobre ela, gozou logo.

O SANGUE DOS DIAS TRANSPARENTES

Nas outras vezes foi mais satisfatório, pensou. Não tinha feito feio, afinal.

Ela disse que queria dormir a hora que restava. Ele disse que sim, que cuidaria do tempo e a acordaria.

Olhando para ela, pensava em coisas várias. Lembrava de quando tinha posto pela primeira vez a mão no peito de uma namorada, do bicha que o chupou embaixo da escada da igreja, da primeira vez na zona. Tudo tinha sido novo, mas agora era ainda mais novo: uma mulher inteira, uma noite inteira! E ela ainda estava ali, dormindo. Se quisesse, ou se conseguisse fazer de novo, poderia. Levantou devagar o lençol e olhou com calma para o corpo dela. Os peitos, o umbigo, o púbis, as carnes das coxas. Dormia profundamente. Puxou-a mais para perto, beijava-a como nunca beijara ninguém. Estava mais perto de si mesmo agora do que em qualquer outro momento da sua vida.

Na semana seguinte, almoçaram juntos. Conversaram de coisas várias. Ela perguntou, depois, se ele achava que poderia gostar dela como ela gostava dele. Perguntou isso de repente. Não devia mentir, pensou. E disse que achava que não.

Quando se despediram, ela lhe deu um beijo no rosto e disse que ele ia ser sempre um bobinho, mesmo.

Cidade

Debruçado sobre o ombro dela, olhava vagamente para a água. Tinham caminhado muito, era só o que pensava. Agora, com aqueles dois cafés, tinham direito a um pequeno descanso, sob o vento frio. Ajeitou o cachecol, puxou o boné mais para perto dos óculos, sentiu a pressão da lã sobre a nuca, e se deixou ficar.

Lembrava, sem saber por quê, de coisas várias. Assim, descendo os olhos dos andaimes em volta da torre até o solo onde as pombas eram legião, parou na figura esverdeada do cata-vento. Via agora nitidamente na memória, sobre o fogão amarelo, a assadeira de bolo, coberta com um pano, a chaleira fumegante. Respirou de novo o ar gelado e úmido, trocou algumas frases sobre as pombas, ou sobre os japoneses que brilhavam de nylon e de flashes, perturbando o final da tarde, e desligou de novo.

Estava agora quase confortável. Com os olhos meio fechados, as mãos nos bolsos. Apoiava as costas na cadeira e sentia-se afundar. O vento continuava, e talvez por isso tam-

O Sangue dos Dias Transparentes

bém fosse ficando cada vez mais letárgico, virado para dentro, enquanto a luz se dissolvia num tom de rosa que contagiava os vidros, o canto do céu, e passava rasando sobre a água, colorindo tudo. Tinha já se acostumado: era a cor da cidade; devia ser mais forte ainda no verão. Mas quem suportaria aquilo, no verão?

Lentamente deslizando, agora reconhecia o que o impressionava: era a cor do céu na casa desfeita do avô. Quando lá estivera, em busca do que se habituara a ver por dentro da memória, já não havia nada: só um largo campo de laranjas, sob o céu violeta do meio de abril. E de repente, ali, bastava distrair-se um pouco, e voltava toda aquela cena, que julgava esquecida.

Carregamos essas coisas, pensava. Era sempre aquela a cor do céu, quando reparava de verdade nela. E se os olhos não andassem muitas vezes excitados, por certo era sempre aquela casa que veria nas que realmente contam: quase uma cabana, concluía, mas estava em seu pensamento como o modelo que levava com ele, onde estivesse.

Era ali que o bolo estava sempre sobre o fogão, coberto com um pano. Era também ali que pela manhãzinha vinham as galinhas roucas resmungar sob a janela.

Ela lhe disse que já estava muito frio, precisavam andar um pouco, voltar talvez para o hotel.

Comer qualquer coisa, disse ele, como se soubesse bem o que dizia.

Quando se levantou, viu que ela estava linda. Tinha, sob o crepúsculo e sob a macia luminosidade das lâmpadas da rua, a pele de uma cor que não havia.

Deram-se os braços, para voltar. De fato, estava muito úmido.

Cruzando a praça, riam de alegria. Afinal, estavam ali, aquilo tinha acontecido de verdade.

Quando estavam saindo por uma rua lateral, olhou para trás, e já era novamente a cidade estrangeira, que se erguia outra sob o fôlego da noite. Viu pela primeira vez a água já quase desfeita em negro, despida de horizonte, que se movia entretanto e cintilava ainda, e disse que era uma pena que fizesse tanto frio.

Conselho

Imaginava os cabelos brancos, o gesto e toda a compleição do corpo. Ele dizia: "Ouça este conselho, de quem já esteve muitas vezes nessa situação". Ouvia, mas não ouvia, e só queria estar escutando a voz do outro lado do telefone, uma presença amiga que lhe diria alguma coisa, não importa o quê. Mas, em certo momento, a voz do outro lado soou mais sombria. Disse, enfim, quaisquer que tivessem sido as palavras que usou: "Meu filho, ouça meu conselho: pense nela como se estivesse morta". A idéia era assustadora, mas a verdade que tinha logo se impôs e ele pensou que era bem a situação.

Mas como enterrar aquela morta tão cheia de vida, que lhe vinha à memória como um sol rompendo a névoa da manhã? Como enterrar a carne doce e o lento sussurro que ouvia destilando ainda o seu sumo maduro dentro do seu coração, por dentro do seu corpo?

Pensou, então, na propriedade do luto, na forma escura que tinha de manifestar a sua dor profunda. Os momentos que chorou, gritou, esmurrou o travesseiro de uma casa estranha. Mas tudo convergia para o mesmo ponto, e esse ponto era a inevitabilidade de um destino que pesava sobre a sua cabeça como o céu de chuva que por toda a parte andava cobrindo a terra.

Agitava as raízes, alimentava as futuras florações, porém era apenas a poda do seu corpo o que sentia, naquelas horas em que o mundo se movia estranho, e era outro o ritmo da vida, outro o som da vida que continuava do outro lado da janela.

Numa tarde, quando a luz do céu entrava pela porta envidraçada e a vegetação defronte da casa era impudicamente viva e indiferente ao que se passava no interior, onde purgava a série de seus erros, tudo parecia formar um conjunto espontâneo de coisas coesas e em movimento. A direção, entretanto, lhe escapava.

Pensava que compunha os pensamentos para uma pessoa ausente, sofria com a possibilidade de um dia ela os ler e pensar: "Afinal, era um animal que me era afeiçoado", ou então, num gesto forte, que franzisse a testa e meditasse em vão sobre o sentido daquele rasgar-se pelo meio: "Era mesmo um desperdício! Um homem tão capaz de fazer coisas úteis, um sujeito tão idealizado, e eis agora a que está reduzido!"

Assim pensava, enquanto a luz ia diminuindo sobre as plantas.

Pensou se gostaria que ela voltasse, que dissesse as mágicas palavras. E viu que não, que tudo não passara, afinal, de uma pequena revolução de um conjunto diminuto de astros que pairavam ainda contra um céu pequeno e sufocante que construíra contra as paredes do quarto de dormir.

Tudo gotejava, espremido contra aquela grande pedra, e de tudo ressumava um sopro frio, um ar soturno e afogado de cheiros de flores envelhecidas, como num enterro. E foi então que passou um carro, no exato momento em que a música parava, fazendo um pequeno intervalo de sentido.

Ouviu, sentiu que passava e que não era nada, e voltou para o sonho acordado.

A noite caíra. Sobre as árvores que ainda se divisavam da janela, menos do que a lua, um brilho apenas insinuava a luz que pairava atrás das nuvens pesadas de chuva.

Conversa

"Você sabe que eu sou um bom pai, não sabe?" Ele bebia no gargalo de uma garrafa de uísque, enquanto olhava pelo canto do olho, esperando uma resposta. Disse que sim, lembrei de quando ele ia para o parque com o filho ainda pequeno, das horas que passava lá com ele, de outras tantas coisas que mostravam que sim, era um pai exemplar, um modelo de dedicação, por quê?

Não respondeu logo. Olhou desde longe, como se quisesse saber se eu dizia de fato o que pensava. Depois, com um brilho no rosto, disse que sim, que era eu o único que o compreendia, que sabia de toda a história e da verdade.

Olhei bem pra ele, o nariz fino, a testa reta, e pensei: "Por que ele está dizendo essas coisas?" Também estranhei que bebesse tanto, que passasse meio batido sobre tantos assuntos e que, por fim, se levantasse de súbito e dissesse que tinha de ir logo para casa.

Acendi um cigarro e fiquei olhando. Era ainda aparentemente o amigo de dez anos, os cabelos ralos e os gestos todos congelados pelo uso. Mas era também diferente. Tinha vindo para alguma coisa que agora não dizia. Tinha alguma coisa quebrada ali, mas eu não conseguia saber como, nem o quê.

Ele disse: "Vou para a França no mês que vem". Eu festejei, disse que era uma ótima notícia. Ele ainda resmungou que as pessoas murmuravam isso ou aquilo. Não conseguia entender o que seria. Depois, pelos seus gestos, percebi que algo o comia por dentro, mas que ele já não ia conseguir falar.

Disse pra ele: "Olha, rapaz, você não precisa ficar assim, tão tenso. O que que há? Tem alguma coisa que eu possa fazer? Diga lá, afinal, amigo é sempre pra essas horas". E todas essas coisas, gestos de palavras que procuram um jeito de se aproximar.

Olhou meio de lado, tomou um outro trago. Desconversou, fechou-se.

Quando foi embora, mal conseguiu abanar a mão de dentro do carro, e levava consigo uma raiva profunda. Não o soubera entender. Era disso que obscuramente sentia que ele me acusava. Não tinha conseguido promover a mágica que gera a confissão e o desabafo.

Mas eu o olhava como quem olha um quadro conhecido: partia, e levava consigo o segredo do que o torturava. Eu fiquei ali, buscando um lugar de sossego, esquadrinhando a minha própria forma de pensar e de sentir.

Quando o vi novamente, já tinha passado mais de um ano. Andava ainda mais escuro. Cruzamos numa situação de vida ou de morte, um enterro talvez, sob a chuva, num dia de muita confusão. "Boa tarde." Foi só isso ou pouco mais, naquela hora, e depois a mesma coisa, toda vez.

Seus olhos, entretanto, sempre me davam as notícias usuais. Diziam mais do que o conveniente: os sofrimentos escusos, a solidão de um corpo aqui e de um espírito ali, e eu me sentia acusado por ter juntado tudo e ser, do jeito possível no momento, feliz. Nas rugas do semblante, quando estava distraído, via que era, para muitas coisas já, um homem no limite.

Da última vez, bati-lhe nos ombros, fui além do estremecimento de repulsa que o gesto lhe causou, mas não achei mais nada para dizer. Por isso, quase murmurando, falei apenas, como se fosse para mim mesmo: "Meu caro, você sempre foi um pai muito exemplar".

Enquanto ele pegava alguma coisa na mesa, muito absorto e curvado sobre ela, passei junto à porta e me enfiei pela escada. Na rua, apesar das luzes da cidade, brilhavam, ao longe, frias e quase azuis, algumas tantas estrelas.

Dança

Depois que tudo acabou, sentiu um grande alívio. Pôs um cd, e ao ritmo batido da canção, em frente da janela aberta, por onde entrava uma brisa fresca, pôs-se a dançar. Fechando os olhos, abriu os braços e era como se voasse de um canto ao outro, ondulando em frente da janela, enquanto sentia o ar escorrer em volta das mãos.

O espaço da sala, antes tão conhecido, aos poucos se ia conformando ao escuro das formas em que se moviam os seus gestos.

Dançava e pensava que aquele momento de terror, que por tantos anos tentara evitar, ou simplesmente adiar por mais um dia ou dois, era afinal uma espécie de cena desejada.

Cada gesto o levava àquela sensação. Mais do que o raciocínio, era agora o corpo que finalmente lhe falava, em segredo, o que por tanto tempo tinha apenas moldado os hábitos e os pequenos desconfortos de um dia-a-dia que pesava como uma roupa encharcada.

Livre, pensava.

O SANGUE DOS DIAS TRANSPARENTES

Mas quando parou, arquejante, e se jogou no sofá, era já um outro pedaço que, finalmente, também passava a se fazer ouvir. Vinha agora aquela nova espécie de vazio. Não o de si mesmo, que era a experiência mais freqüente e banal da sua vida de casado. Mas o vazio de um corpo outro, da pele, dos cheiros. Na antecipação do dia em que a voz cristalina não dissesse as frases detestáveis que vão sendo solidificadas desde o café da manhã até ao beijo de boa-noite, em que o perfume dos cabelos e sobre o travesseiro já não seria o mesmo em cada madrugada, sofria. Era um longo túnel em que agora mergulhava. Nas paredes, nenhum desejo. Nenhum desenho tampouco de tudo o que só aparecia como ausência: o gesto descuidado do abraço noturno, o beijo sonolento que consola do pesadelo pressentido, a desordem da mesa do jantar. Todos os pormenores – a faca suja de geléia, as canetas de um modelo preferido, manchas de pasta de dentes sobre a pia do banheiro – eram engolidos pelo escuro, no antevisto vazio que de súbito se apoderava dele e o paralisava.

Foi então que ela entrou e disse alguma coisa sobre a forma como ele tinha dançado a sua dança particular do fim. Sem pensar muito, levantou-se, pôs de novo a mesma melodia e a pegou para dançar.

Girando no meio da sala, ela lhe disse, surpresa, que todos esses anos pensava que ele não sabia dançar. Perguntou-lhe, mesmo, se tinha sido de propósito, ou de maldade, que escondera tanto tempo aquilo. Ele sorria; não tinha sido assim, dizia.

Ela se debruçou docemente sobre o ombro dele, e lá ficaram os dois, num instante suspenso.

Era a primeira vez, de fato, e ele se perguntava também por que dançavam agora de verdade, após os anos todos que viveram juntos. Pensou que talvez fosse porque finalmente, daquela forma, só daquela forma, podia dançar realmente com ela. Não com a situação usual da dança, nem com o desejo dela de dançar. Mas com ela, ambos desarmados, soltos, sem mais nada que perder.

Mas era apenas mais um pensamento confuso, mal delineado. O que contava realmente parecia ser alguma outra coisa. Mas o seu corpo queria dançar, e ele só teve de se entregar novamente ao movimento, à cadência e à brisa que, agora, soprava um pouco mais forte. Não quis, desistiu de perguntar o que seria. E, enquanto a janela passava outra vez na frente dos seus olhos, percebeu que, mesmo que quisesse, não poderia resolver mais nada, nem compreender muita coisa mais.

Discurso

Ali tinha sido antes uma leiteria. Lembrava-se de quando subia a rua com o bujão de plástico, o jeito de a mulher gorda despejar o leite para dentro, usando uma caneca de lata. O cheiro amargo, levemente azedo, do que ficava empoçado debaixo do balcão. Um pouco de creolina, que usavam de tarde, para limpar aquilo.

Depois tinha sido qualquer outra coisa e por fim um banco.

Nessa época já estava com uns quinze anos. O velho Marconi trabalhava ali, e de vez em quando, descendo com o pai pra casa, no final do dia, paravam uns minutos. O pai conversava sempre as mesmas coisas. O velho Marconi, que tinha um rosto grande, olhava docemente para um lado e para o outro, como quem tivesse sempre sido assim. Mas todos sabiam na cidade que era um homem bravo, exigente, que levou o próprio filho à loucura de tanto estudar.

Depois de velho, vivia para escrever n'*O Município*. Umas crônicas que sempre terminavam em apoteose. Se era um açougueiro conhecido que morria, vinham das fímbrias do

O Sangue dos Dias Transparentes

poente as asas da glória e da piedade divina para buscar a sua alma e dar-lhe a paz eterna. Se era um pirralho que nascia numa casa rica, as mesmas fímbrias, agora travestidas nas barras de uma aurora promissora, vinham cercar o seu nome, mal inscrito ainda nas páginas do registro civil.

Nas cerimônias públicas, também era o orador. Recusava, dizia-se incapaz, e por fim soltava o vozeirão, perorava, comovia e terminava, quando a ocasião dizia que sim, emocionado verdadeiramente.

Quando o rapaz era ainda um menino, admirando, com o seu pai, aquela voz profunda e a vasta cultura de quem tinha em casa muitos livros, leu-lhe uns versos que escrevera. Lembrava-se bem, tão bem quanto do cheiro do leite e da creolina, de quando o velho Marconi lhe estendera a mão e, olhando para o pai, disse, cheio da gravidade que lhe dava a velhice: "Um poeta, meu caro, temos aqui um poeta!"

Com o tempo, saindo da pequena cidade calorenta, foi esquecendo tudo aquilo. Tinha esquecido por completo do velho Marconi.

Agora que passava no lugar, debaixo do sol de março, na modorra da hora do almoço, de repente se lembrava. Em desordem, brotavam todas essas imagens, que ia ajuntando e pondo em fila, enquanto limpava o suor do pescoço e pensava quanto tempo tinha ainda de ficar ali, naquela cidade. Talvez até o final da tarde, se tudo corresse bem. Se não, mais uma noite no hotel, outra vez o dilema de onde comer alguma coisa, todo mundo olhando em cada barzinho ou restaurante.

Foi até o jardim, que era bem na frente do cartório, e se sentou num banco, na sombra. Faltava ainda meia hora para abrir.

Meio deitado para trás, olhando as nuvens entre as flores da paineira, viu então a cena que tinha tratado de evitar. A inauguração da fábrica de doces, a noite gostosa de final de novembro. Tinha chegado da faculdade, voltava pela última vez àquele lugar. Acabou indo à inauguração e foi lá que o encontrou.

Estava justo na hora do discurso. O prefeito, o padre (que tinha benzido a máquina principal), o homem do Rotary, o do Lyons, senhores vereadores, demais autoridades, meus senhores, minhas senhoras... Já começava. Foi quando o viu. Parou, disse-se cansado, estava velho. Nessa vida de muitas emoções, tinha feito o que podia. As novas gerações, agora, precisavam dizer a que tinham vindo. Era o tempo de ombrearem-se, emulando-se em prol da luz... Pensou: "É agora, já vêm vindo aí as fímbrias do horizonte..." Deve ter sorrido, sem perceber. Porque, de súbito, o velho Marconi o olhava agressivo. Queria que as novas gerações, sobre os ombros dos antigos, pudessem olhar mais longe. Como dizia alguém, é por estarmos sobre os ombros dos mortos do passado que podemos ver mais longe no futuro.

Embora continuasse ouvindo, lembrava agora, já não entendia bem do que se tratava. Estava entediado com aquilo tudo, arrependido de ter vindo, maldizendo o amigo que o tinha arrastado até ali. De repente, o discurso parou. Não sabia o que era, mas devia ser com ele. Todo mundo estava olhando. Alguns, mais afáveis; outros, com curiosidade. Percebeu que a emoção tinha de novo feito das suas com o velho. Era, quem sabe, alguma homenagem a ele, à faculdade, porque tinha de novo os olhos rasos d'água e parecia esperar ansiosamente que falasse alguma coisa. O que estaria querendo? Que o elogiasse? Que simplesmente dissesse "Olha, estou aqui agora, deixe comigo"? Parecia engraçado, e assustador.

O silêncio comprido estava ficando pesado. Pensou no pai, no que gostaria que fizesse. Olhou depois para o padre, um estúpido; o prefeito, um boçal; toda aquela gente pela qual tinha aversão, a boa sociedade local. Marconi retomou então o fio da sua fala, com um elogio da modéstia e da prudência, e findou alguns minutos depois, quando ninguém já se lembrava de mais nada. Desviando-se do velho, saiu aborrecido, irritado, sem falar com mais ninguém.

Foi então que um ruído, do outro lado da rua, tirou-o daquela espécie de sonho do passado: era o cartório que fi-

O Sangue dos Dias Transparentes

nalmente abria as portas. Quando se levantou, viu que estava muito desgostoso. Sabia agora que tinha ficado devendo alguma coisa: se não um abraço, pelo menos um simples cumprimento formal.

Duplo

Quando ele pensou no que significava essa viagem, quase desistiu. Depois, resolveu que não, que era preciso; que, afinal, não era nada demais.

Ela ficaria bem. Com a amiga que chegava, teria uns dias melhores e depois acabaria por suportar aqueles em que teria de ficar afinal sozinha, cuidando de todos os pormenores da casa.

Mas não ia tranqüilo. Desde que se conheceram, tinha a estranha impressão de que convivia com um duplo. Em alguns momentos, era apenas uma alma simples, guiada pelo desejo de estar bem no breve espaço desta vida. Um dia a morte finalmente viria, colheria os frutos todos e partiria, deixando atrás de si o trajeto vazio de qualquer esforço de comunhão. Tudo acabaria como quando se acorda de um sonho e a realidade é a cama de todas as noites, cheirando a suor e situada num espaço já sem mistério nem surpresas.

Mas outros momentos – e era esse o grande problema que mal divisava, emocionado, enquanto bebia outra dose de uísque – era como se tudo fosse completamente estrangeiro. Ela apenas andava pela casa. Não pertencia ao lugar, nem era habitada ela mesma pelos pensamentos comuns, pelas atribuições normais de um espaço partilhado.

Tinha, por fim, a alucinação de que tudo começava a ruir e era impossível a reação mais costumeira. Não podia simplesmente gritar. Como nos sonhos e nos filmes, uma avalanche parecia acumular-se em improváveis montanhas, aguardando o momento de desabar sobre os homens dotados de paixão.

Quando olhava para ela, através do véu que descia pouco a pouco sobre os olhos, era como se olhasse para lugar nenhum: movia-se ali o mesmo corpo conhecido; os cabelos escuros flutuavam sobre a carne branca; os olhos brilhavam e a pele parecia a mesma que, tantas vezes, tinha desesperadamente arranhado com as unhas e os dentes. Mas ela passava ao largo. Sorria, dizia algumas frases que tinham um sorriso familiar e depois mergulhava de novo no desconhecido.

Era simples, muito simples: um noticiário, um gesto qualquer novo, uma forma de se sentar no pequeno sofá da sala, em frente da televisão. Mas de súbito emergia o que ele não sabia, o que não podia dizer, nem conseguia argumentar.

Era de novo a estranha.

Alguma coisa lhe dizia: "Deixe disso, meu velho, isso é apenas o de sempre – uísque, muitos livros, e uma certa vontade de aventura".

Mas quando mergulhava mais fundo via que estava sofrendo. Era de alguma forma muito esquisito tudo aquilo. As coisas nunca se entregavam. Um de cada lado, talvez fosse assim que tudo tivesse de ser sentido de verdade.

Foi, portanto, até a geladeira e abriu uma latinha de cerveja.

Estrada

Enquanto dirigia, olhava de relance para as pernas dela. Ela usava um vestido cor-de-rosa, e o pano era tão leve, que flutuava mesmo com as janelas fechadas. Olhava a intervalos. Primeiro para os pés, calçados nos sapatos altos, cujo corpo eram apenas algumas tiras de couro. Depois, para as pernas, que subiam longas, paralelas, dobradas nos joelhos onde o pano modelava as juntas numa queda suave. Então, o ventre. Não era magra. Tinha as carnes redondas como um fruto, e ele imaginava que o ventre parecia o umbigo de uma pêra, com a suave carnação brilhante em volta da pequena depressão central.

Chegava agora aos seios, que o decote destacava. Ao ritmo da respiração, que era lenta e bem marcada, subiam e desciam sob a seda do vestido.

Dividido entre a estrada e a contemplação, continuava dirigindo.

Depois, finalmente, vinha o colo, o pescoço, onde começava a penugem que logo se transformava numa selva sedosa

O Sangue dos Dias Transparentes

e marrom, em que às vezes havia manchas brancas, esparsas, até a ponta da cabeça. Foi então que lhe veio a figura inteira: era uma mulher com cabeça de cachorro. Mais do que isso, embora seus olhos fossem doces, e tudo nela inspirasse um fundo sentimento de calor e de receptividade, tinha no rosto, presa por uma fivela atrás do pescoço, uma focinheira de couro cru, que parecia destoar do conjunto.

Quando percebeu tudo, estendeu a mão. Ela abaixou a cabeça e ele pôde, então, soltar a fivela. Jogou a focinheira pela janela e olhou de novo para ela. O olhar continuava o mesmo, e ele já não tinha medo algum. Prosseguiu na estrada, pensando em outras formas daquela situação: as fotos do livro dos mortos, as sombras projetadas na parede da infância, quando um lobo chegava para assustar as crianças à luz das lamparinas, os vira-latas que povoavam as distâncias entre uma casa e outra, nos vários sítios espalhados ao longo da estrada.

Ela continuava a olhar para ele com doçura.

Dirigiu assim, pela noite adentro, com aquela companhia, até que algo como uma luz forte o despertasse, por instantes. Quando ia adormecendo novamente, estava de novo sozinho no carro e acendia um cigarro, abrindo a janela, enquanto pensava em pôr uma fita para tocar. Voltou logo a acordar, e a dormir. E a acordar outra vez. E ainda se passou um bom tempo até que mergulhasse, de fato, profundamente no sono.

Foto

Ela estava muito doente. Quando foi visitá-la, fazia uma tarde estranha. O inverno, aquele ano, tinha sido de muito calor. Então de súbito, sem aviso, começou a soprar um vento frio, o céu voltou a ser cinzento e parecia que enfim chegaria o tempo correto para a época do ano. Mas naquela manhã o dia amanheceu azul, nem quente nem frio, ideal para sair à rua vazia do domingo e espreguiçar ao sol.

Rodou pela cidade, até a hora do almoço. Comeu apressadamente. Depois, quando viu que já era tempo, foi vê-la. "Não se assuste, que estou muito feia", ela dissera ao telefone. "Inchada", esclarecera, e amarela de hepatite, com espinhas pelo rosto todo, os olhos daquela cor cerosa que às vezes tinham os olhos de um preto velho que era parte da sua infância. Ela não dissera isso. Ele visualizara assim, sem dizer nada.

Imaginava, mas não sabia ao certo como seria. Tinha evitado o quanto possível aquele encontro. Falara com ela três vezes pelo telefone. Fugira o quanto tinha podido. Era um

O Sangue dos Dias Transparentes

caso grave, sabia. Nada que lhe tivessem dito: um tom de voz, pressentimento obscuro, fosse o que fosse, era claro como se estivesse escrito à maquina num papel.

Era uma história comprida o porquê de não se falarem com o coração sobre as mãos. Não havia dúvida de que se gostavam, a julgar pelos pequenos gestos. Mas crescera surdo e pesado, pelo acúmulo das misérias diárias dos sentimentos de família, aquele obstáculo mental que era quase físico. Um simples apertar de mãos ou um beijo na face exigiam esforço e concentração, tinham de ser bem estudados para parecerem absolutamente naturais. Como tinham de ser, afinal.

Ao perguntar ao porteiro que número era mesmo aquele em que vivia, percebeu o tempo e a distância entre eles. E durante a viagem pelo elevador só pensava coisas tolas sobre a força que era preciso haver numa máquina que assim o puxava para cima, como se aquela caixa de madeira e aço fosse alguma coisa leve.

Tocou a campainha. Ao abrir a porta, viu-a pela primeira vez em tanto tempo. Tinha mesmo espinhas e o rosto estava redondo, levemente amarelado, como uma pêra que passasse um pouco do tempo da colheita. Era outro pensamento involuntário, igual ao do elevador. Lastimou-se por isso, enquanto achava o caminho para o sofá, onde desabou, cansado.

Era o assunto fatal naquela situação: os exames, os diagnósticos, médicos, alternativas, prognósticos. Nem uma palavra que fosse mais pessoal. Falaram do pai e da mãe deles, dos tios, da tia louca, coisas várias. Às vezes a voz dela tremia, quando contava alguma situação, imitando o que ali se dera, as vozes que dialogaram. E era tudo o que havia de emoção assumida, visível.

Ele se sentara de frente para a sacada, por onde a brisa entrava, elevando a barra da cortina. A luz do sol, quando havia vento, passava oblíqua sobre ela, iluminando os cantos mais escuros da sala, onde ficava a mesa de jantar. Enquanto ouvia, ele tentou extrair de um pequeno cristal alguma luz colorida. Não pôde, e assim não lhe disse "Olhe que bonitas as cores na parede". Pôs o cristal de volta, junto com as outras pedras e olhou para ela.

Lembrou-se da pequena menina de cabelos ralos e quase brancos. Pensou em quanto tinham vivido juntos, no calor das pequenas cidades poeirentas do interior, na vida provinciana de um tempo em que nem se podia ver televisão.

Tinham crescido juntos, ouvindo a mãe dizer que estava para morrer de tanto desgosto e de tanto cansaço. Foram talvez cúmplices para conjurar essa ameaça horrível.

Divagava assim, segurando com um olhar embaçado e vago, quase profissional, as emoções que poderiam vir à face e pôr a perder o pouco que ali havia de integração e afeto, quando ela lhe disse: "Tive um sonho outro dia que preciso contar para você".

Sob o efeito talvez da doença ou dos remédios, tinha sonhado que olhava uma fotografia do lugar da infância. Era uma venda à beira de uma estrada. Uma casa simples onde vivera o avô, onde os tios nasceram e passaram ambos a infância, no meio do nada, entre peões que tomavam a pinga do final da tarde e a correria dos empregados que preparavam a vida quotidiana. Na casa rústica, sem forro que aparasse a chuva que quebrava nas telhas, nem portas entre os vários quartos que se enfileiravam como um labirinto, os balcões eram para eles a expressão da riqueza. Espelhos, colares, tesouras, pentes ficavam numa parte. Sardinhas, bebidas, a coleção extensa dos secos e dos molhados, na outra ponta. À noite, sob a luz das lamparinas, enquanto os cães ladravam do lado de fora e se ia preparando a cama em cada quarto, a vastidão do mundo exterior esbarrava contra aquela massa de gente que se ajuntava sob o mesmo teto. Como uma tribo.

À segurança daquela casa pobre, patriarcal, regida por um velho imigrante que sofrera dois derrames, sucedera-se a longa diáspora dos tios e dos primos, após a morte do avô. Para todo o lado, sem mais contatos do que nos enterros dos que fossem morrendo.

O SANGUE DOS DIAS TRANSPARENTES

No sonho dela, via a casa da venda numa foto velha, junto com o médico, talvez no hospital, talvez em casa, não era esse o ponto. O ponto era que o médico lhe disse que poderiam entrar na fotografia, se quisesse. E para lá foram, daquela forma que se faz nos sonhos, sem dificuldade, mas com o assombro das coisas proibidas.

A casa, contou, estava tal como era de verdade. O móvel sob o filtro de água no mesmo canto, a chapeleira, a penteadeira que agora estava na sua sala, a mesa de jantar, o fogão a lenha. Tinha comentado com o médico: "Essa penteadeira agora é um aparador na minha sala". O médico, entretanto, não parecia interessado. Estava já um tanto entediado naquele sonho, ao que parecia.

Depois contou que encontrou um dos tios e conversaram. Perguntou-lhe o dia, o mês e o ano. Era quando ela tinha já quatorze anos. Por isso não estava ela ali: nessa idade, a casa da venda era um lugar desinteressante. Era a idade em que a infância é um peso de que a gente tenta se livrar. Não foi ela que disse isso. Ele é que pensava assim.

Contou ainda mais coisas, mas ele já não ouvia.

Só voltou a prestar atenção quando ela disse que, ainda dentro do sonho, pensara nele. "Eu só queria sair dali e contar para você que era possível fazer aquilo", disse. "Sabia que você ia gostar tanto!"

Ele sorriu e murmurou qualquer coisa. De fato, visitara já muitas vezes o que sobrara daquela venda: as paredes, agora perdidas no meio de um descampado brutal, rodeadas de laranjeiras, sob o pó branco das fumigações. Nada de vida mais ali, apenas o ruído do vento nas telhas quebradas e os pássaros que gritavam ainda da mesma forma de quando aquilo era um lugar cheio de gente e de esperanças infantis.

E se pudessem voltar? Olhou para ela, mas não conseguia ver mais a menina que ficara perdida na casa nova, quando da primeira mudança para longe. Queria levantar-se, abraçá-la e dizer que tinha medo de que morresse. Embora não se falassem muito, nem às vezes soubesse se de fato ainda se gostavam tanto ou desde quando já não se gostavam assim, tinha muito medo de perdê-la.

Foi por isso que olhou um pouco ao acaso para os quadros que ela tinha posto na parede. Perguntou algo, não ouviu a resposta. Mas quando acabou a terceira xícara de café, como chegasse mais gente para visitá-la, disse que tinha ainda muito que fazer naquele fim de tarde.

Quando descia pelo elevador, percebeu que as costas lhe doíam. "Preciso comprar um relaxante muscular", pensou.

Quando caminhava para o carro, sentiu que começara a soprar um vento mais frio. Julgou, então, que era melhor ir direto para casa.

Garagem

Deitado no sofá, pensava se realmente tinha acontecido. Ou seria apenas uma lembrança de algo que poderia ter ocorrido? Uma espécie de delírio de insônia. Uma forma de recompor o tempo, que agora deixava apenas um gosto melancólico, como quando a gente fuma muito, o dia inteiro, e não consegue tirar da boca o travo de ressaca que impede de dormir. De qualquer maneira, era assim que se lembrava daquilo.

Quando ia entrando na garagem, percebeu que era ela. Estava conversando com alguém, na portaria do prédio. Ele fez que não viu, comportou-se como sempre. Dirigiu a moto com cuidado, passou pela porta da garagem, abaixando-se um pouco quando cruzava o umbral para aquele espaço escuro que era tão familiar. Sentiu o cheiro de mofo e pensou que tinham lavado de novo o subsolo naquela tarde quente.

Foi até o final da fila de carros, parou, desligou tudo. Teve um último gesto de carinho para aquela máquina, e voltou pensando no lema que poria no colete de couro que usaria na longa viagem que cuidadosamente planejava.

O SANGUE DOS DIAS TRANSPARENTES

Na frente do elevador, apertou o botão, que se acendeu, e esperou. Quando a porta se abriu, lá estava ela. Descia para pegar o carro, e talvez para olhar uma última vez para ele. Sorriu, e pensou que ela era às vezes bonita. Com a luz adequada, completou. Foi um pensamento rápido, mas intenso o suficiente para que ela visse o reflexo no seu rosto, e sorrisse com o mesmo sorriso de tantos anos atrás.

Na verdade, não tinham sido anos, apenas meses, como ela tratou logo de lembrar. Mas para ele parecia já um tempo muito mais extenso, sucessivamente dividido, no qual, como num longo corredor, ele apalpara as paredes e sentira pouco a pouco gotejar a água do esquecimento e da renovação.

Ela estava ali, de azul, num vestido que ele conhecera ainda. Ele estava exausto. Dirigira pouco, é verdade: algumas dezenas de quilômetros. Mas, como tudo que então fazia, tinha sido exaustivo. O suor escorria pela gola da camiseta vermelha.

Olhavam-se e havia nos olhos dela a mesma oscilação que ele já não queria explicar.

Ela então lhe pediu um abraço. Ele se aproximou, fez um carinho nos cabelos que eram leves como algodão doce. Ela veio. Seu corpo era ao mesmo tempo familiar e estranho, e ele pensava em quanto aquilo lhe falava de um segredo vivo, mas agora também tão remoto, que precisava daquele contato para poder emergir. Não pôde evitar o pensamento de que ali mesmo, alguma vez, o destino tinha mostrado um rosto sorridente. Agora havia apenas indecisão. Um momento na frente de um elevador.

Quando deu por si, queria beijá-la. E beijou-a. Tinha ainda o mesmo gosto. Ela disse qualquer coisa, ele respondeu na mesma clave. Ela disse, por fim, que estava feia, e mostrou que a pele exibia algumas espinhas novas. Ele olhava entretanto para ela com a curiosidade de quem contempla uma fotografia que se descobre por acaso.

Andaram juntos até o carro. Ela entrou, abaixou os vidros, continuou a conversa.

Ele entrou, se sentou. Conversaram mais alguns minutos. Quando ela disse que tinha de ir, ele concordou. Caminhou até a moto, apanhou o controle do portão.

Depois que o carro embicou para a rua, já envolvido pela luz exterior, não podia mais vê-la. Apenas, no vidro traseiro, o reflexo das árvores e as linhas geométricas do prédio. Enquanto subia no elevador, tinha de novo a conhecida vertigem. Pensou então no projeto da viagem, e em como ficaria interessante o colete, quando o mandasse fazer.

Já dentro de casa, sentou-se no sofá, acendeu um cigarro e tentou resumir aquilo tudo, antes de ligar a televisão. Nem sempre era bonita. Positivamente, dependia muito da luz, ou do momento. Mas tinha sido, o mais das vezes, uma pessoa gentil.

Luar

O vento entrava pela janela e a cortina, bojuda como uma vela, erguia-se num sopro para logo refluir, côncava, em direção à noite que se mostrava pela fresta que se abria. A luz forte, que acendera, tinha reflexos nas paredes, causados pelas pás do ventilador. Daquele canto, onde se sentara para pôr as meias, o quarto parecia outro. Nem o quadro sobre a cama, nem o armário, nem o espelho da parede, nem a própria cama tinham o ar conhecido que acostumava ao repouso ou predispunha à insônia, conforme o dia e o momento.

A brisa que soprava forte, o som da música que era alto, tudo acentuava o caráter intenso daquele instante, que parecia completo. E, ao mesmo tempo, pensava, era um momento perdido, uns minutos cercados pelo inesperado, depois do que tudo voltaria ao sentido habitual e um prato de comida seria apenas um prato de comida, e o copo de vinho, um copo cheio de vinho, e o ar que se respira passaria de novo despercebido para dentro e para fora dos pulmões.

Aquele era o lugar certo para aquela hora. Aquela, a hora certa para se sentar no chão, naquele canto, enquanto a lua

O SANGUE DOS DIAS TRANSPARENTES

brilhava intensamente. Sabia que sim. Ele a tinha visto, quando dirigira, há pouco, no caminho da volta. Conforme o carro percorria as ruas quase desertas da noite do feriado, a lua se movia, passava rapidamente por trás da copa das árvores da calçada, escondia-se num prédio e ressurgia mais adiante, sempre limpa, com a luz forte que dominava o céu do outono, de uma ponta a outra, apesar das poucas nuvens que se acumulavam ainda no poente.

Agora, ali sentado, esperava que ela chegasse, que entrasse pela porta. Pararia, se o visse sentado assim, nesse lugar insólito, e ficaria olhando por momentos. Depois, diria alguma coisa. Imaginava como andaria ao longo do corredor. Seu corpo alto, os cabelos negros flutuando ao ritmo dos passos firmes. Ele ficaria ali, olharia para ela e logo esse momento passaria a ser um outro. O rosto em que a emoção da descoberta se estampasse não servia. Era preciso uma forma conhecida, um gesto familiar que lhe dissesse: "Venha! Não sei o que lhe dizer, mas quero que venha, e queria que estivesse aqui comigo, neste canto do quarto onde o mundo todo se revela de uma forma nova". Mas não seria o que diria, nem o que ela entenderia, mesmo se dissesse. Era o que não poderia ser compartilhado.

Mas não era solidão o que sentia. Era antes plenitude. E pensava que é só porque ela chegaria que sentia aquele momento como uma possibilidade de mergulho até o fundo.

Refletia agora se seria isso, de fato. Se era essa a explicação. Não era: apenas estava de novo, pela primeira vez em muitos anos, perto de si mesmo. Nada tinha a ver, diretamente, com a espera, nem com a música, nem com a brisa na janela. De repente, percebeu que a garganta doía. Era o resfriado que finalmente chegava, pensou. Há dias que não parecia inteiramente bem. Lembrou-se de várias pequenas coisas, e foi então que voltou ao ponto que contava, ao sentido de estar ali, sentado ainda no chão, entrevendo aquilo tudo em desordem e simultaneamente. Mas não pôde descobrir mais nada: só que estava chegando perto de si mesmo, pensou, e era isso que contava. E o espaço para ela, a espera, tudo isso era apenas um lugar futuro.

Foi então que ela chegou. Ouviu o barulho da garagem, depois o da porta da entrada. Finalmente, quando virou o rosto para a direita, embora a esperasse, assustou-se quando a viu no fundo do corredor, olhando para ele como imaginara.

Sorriu, tirou do colo o pé de meia que ainda não calçara.

Levantando-se, já era outro e lhe disse, enquanto pensava que ela era mesmo bonita: "Tudo bem?"

Mangueira

Tinha bebido muito e agora pensava que ela era uma puta. Estava quase chorando. Se ela realmente gostava dele, então por que tinha ficado quieta durante tanto tempo? E quando ele queria beijá-la, não tinha virado o rosto, como quem esconde alguma coisa?

Tinham caminhado até o fim da rua. O pátio da tipografia estava deserto e a porta do quintal da casa do zelador estava aberta. Entraram por ali. A lua estava forte e havia luz para andar entre as mangueiras. Mas ele não falava nada, tinha era vontade de lhe dar um soco na cara, dizer os nomes que vinham à cabeça. Coisas violentas que imaginava ter deixado para trás.

Quando era menino brigava na rua e sentia um grande prazer naquilo. Muitas vezes apanhava, saía com o nariz pingando sangue. Tinha entretanto feito o melhor para machucar o outro. E à medida que passava o tempo foi ficando mais calmo e avesso àquelas coisas.

Agora, porém, sentia de novo a vontade de bater. Mas sentia também que era despropositado. O que ela tinha feito

O SANGUE DOS DIAS TRANSPARENTES

não era afinal de tanta gravidade. Fumara na festa, ficara conversando muito de perto com aquele sujeitinho, depois dançara solta na pista, girando de um lado para outro os cabelos pretos.

Ele tinha ficado na mesa, olhando para tudo. Bebia. Dois amigos lhe diziam o felizardo que era, e ele negava. Não estava trepando com ela. Ela de fato era uma beleza de menina, mas era "séria", como se dizia.

Fingiam não acreditar. Ou não acreditavam mesmo? Talvez fosse ele o idiota. Devia declarar que a comia. Afinal, e se ela já tinha tido outros? Começara então a dizer que não como quem diz que sim. A sugerir muito cuidadosamente que sim. Mas não gostava nada do papel.

Os outros, mais entusiasmados, queriam detalhes. Um deles perguntou se entrara uma noite na casa dela pela janela que dava para a rua. Negou, mas pensou: "Então será possível? Alguém tinha entrado por ali? Antes de mim ou durante o nosso namoro?"

Bebia mais, porque a dúvida doía. Ela tinha ido ao banheiro com uma amiga. As duas sumiram para os fundos do clube. Que falariam? Teriam também conversas como aquela dos homens?

Voltava agora, sentava-se perto dele. Sua mão pousava sobre o braço. Queimava aquele carinho, tão à vontade a mão dela, tão habituada que parecia a ficar assim sobre um braço de homem.

Olhou bem de frente. Viu como desciam os cabelos ao lado das orelhas, cacheados sobre os ombros. Tantos. E da blusa justa de um pano que parecia toalha de banho saíam os dois seios, pontudos, crescendo todos os meses, como tinha já percebido quando dançavam, no começo, e depois no cinema, com a mão sob a blusa.

Sabia que era virgem. Tinham falado sobre isso. Quer dizer, ela dissera que sim, que não se arriscaria. O pai e os irmãos a matariam.

Era um domingo à tarde, aquela vez. Entraram no quarto dele, os pais estavam na casa dos vizinhos. Fazia muito calor. Beijaram-se na cama dele. Ela, de repente, deitou-se de bruços

PAULO FRANCHETTI

e ficou como se estivesse desmaiada. Olhou-a, perplexo. Ergueu-lhe a saia, começou a beijá-la e quando percebeu, estava já dentro dela, por trás. Ela começou a gemer, como se chorasse, e depois foi ficando inerte, como morta, enquanto ele mal compreendia o que se passava.

Depois de terminado, ele fugiu para o banheiro, temendo pelo regresso súbito de um dos pais.

Quando voltou, ela estava do mesmo jeito. Tinha a boca gelada, e os olhos estavam como se dormisse. Sacudiu-a pelos ombros, disse que era perigoso, que se arrumasse.

Quando saíram de casa, ele estava um trapo. Tinha vindo para aquela cidade há poucos meses, não conhecia ninguém ali com quem pudesse conversar daquilo.

Na semana seguinte, só a tendo visto rapidamente na escola, sem falarem nada, foi para a cidade natal. Precisava falar com um amigo de verdade.

A conversa, porém, não foi animadora. Dizia ele, experiente, ao que parece, em todo esse tipo de coisas embora fosse só um ano mais velho: "Não pode ser verdade! Vocês fizeram isso e ela nem chorou, nem gritou, nem tentou fugir de você! Isso dói, homem, não é uma coisa natural". E completava, com certeza: "Você não foi o primeiro, veja lá! É preciso treino para fazer isso assim..."

Na volta, a briga foi inevitável. Na calçada, em frente à casa dela, ela tinha chorado, apoiada na árvore. Não dissera nada. Ele falara todas as coisas duras, malvadas. Ela apenas olhava para ele. Os olhos, ainda lembrava, eram grandes e brilhavam, escuros. Mas ela não dizia nada. Chorava, de vez em quando, de uma forma que não entendia. E ele, ora ficava arrependido, beijava-a nos olhos, pedia perdão; ora recrudescia, lembrava-se do que dissera o amigo e da sua própria impressão, e voltava à carga.

Desde há um mês, a coisa tinha andado nesse pé. Então chegara a noite do baile, ela aparecera tão linda, com a blusa de toalha e a calça justa abaixo da cintura.

Bebeu mais um copo e levou-a para fora, até a tipografia, depois pelo quintal do caseiro, entre as mangueiras que começavam a florir.

71

O SANGUE DOS DIAS TRANSPARENTES

Quando voltou a acusá-la, ela começou a se afastar. Para baixo da mangueira maior, onde apenas um círculo mais claro mostrava que a lua passava por entre a copa espessa e iluminava aquele canto úmido.

Ele parou de falar. Teria de gritar para que ela o ouvisse dali, e tinha medo dos vizinhos.

Viu-a parar, soltar o cinto e o botão da calça jeans. Depois, com aquele movimento que as mulheres de quadril largo têm de fazer para tirar as calças, quando são justas, abaixou-as lentamente. Tirou-as, por fim, e jogou-as no chão, à sua frente. Depois, soltou os fechos da blusa, que ficavam entre as pernas.

Solta assim, a blusa justa subiu, descobrindo o ventre nu, sem roupa de baixo. Ainda devagar, como se ele não estivesse ali, ergueu a blusa, mostrando os peitos, e se deitou de bruços, sobre as calças que estavam no chão.

Ficou ali, imóvel como no primeiro dia, na cama dele. A luz da lua iluminava vagamente as formas brancas dos quadris. A carne parecia ter o cheiro das flores de mangueira, o cheiro de terra remexida.

Tentou desviar a vista, queria voltar para junto dos amigos. "Ela afinal era uma puta mesmo", pensou.

Ela continuava imóvel, mas ele percebeu a espera, sentiu como um baque no estômago a mistura dos desejos: o dela, que o puxava; o dele, confuso, mas do qual já não escaparia.

Caminhou até lá, abriu a calça, abaixou-a até os joelhos e se ajoelhou, abrindo as pernas dela.

Quando terminou, não sabia dizer quanto tempo tinham ficado ali. Ela estava com o rosto sobre a terra e o movimento a ferira na face, que estava agora suja de um lado. Ele estava sentado e a deitara no colo.

No outro dia lhe disse que não queria mais vê-la. Viu os olhos se encherem de água. Ela se sentou sobre a calçada da escola e disse que sim, que estava bem.

Ele não voltou a lhe falar. Meses depois, quando acabaram as férias de verão, soube que ela se mudara com a família.

Quando terminou a faculdade, tinham acabado de vender a tipografia. Fariam ali um prédio, pois a cidade crescia. Sem as mangueiras, o lugar era diferente, mas quando passou à noite junto ao tapume, entrou. Pulando a mureta, caminhou entre os rastros dos tratores. O cheiro de terra era intenso, como a lua que de novo brilhava no céu. Não pôde achar o local exato, porém, pois havia montes de terra e de entulho um pouco por toda a parte.

Morte

Não conseguia dormir. Tinha visto filmes até cansar. Quando ela disse que já não podia mais, que ia para a cama, também foi. Era tarde já. Mas não conseguia dormir. Ficou rolando de um lado para o outro até que lhe disse "Vou levantar. Ver se relaxo um pouco primeiro". Ela sabia o que era aquilo, por isso lhe fez um carinho nos cabelos e disse "Não vai beber, vai?"

Ficou sentado no escuro um bom tempo, na sala. Pensava que era assim mesmo, que todos morriam. O que, além de não resolver nada, era só um atroz lugar-comum.

Fazia já um mês. Quando voltou de viagem, ela lhe dissera, depois de dormirem à tarde, que o amigo tinha morrido. "Amanhã vai ser a missa de sétimo dia", ela disse, "às dez". Dias depois ela contou que estranhou o jeito calmo dele, que só perguntou, meio distante, pelos detalhes. Ela tinha explicado: tinha sido um incidente de praia, uma banalidade; um susto, um mergulho repentino, a congestão e o fim, sob as águas rasas. Ele quis saber como tinha sabido, quem tinha ligado, como tinha contado pra ela. Depois, mudou de assunto.

O SANGUE DOS DIAS TRANSPARENTES

Não falaram mais nisso, durante a noite. Só de passagem, quando era hora de dormir. E depois, no dia seguinte, dirigindo pela estrada cheia de sol, ele parecia ir para uma volta qualquer, na manhã de um sábado qualquer.

A missa foi numa capela que ficava no meio de um pátio verde. Cheia. Ficaram do lado de fora, quase sob as árvores. Viam dali o padre, a multidão de gente, as pessoas que cantavam junto ao órgão, no fundo da sala. Quase em frente, do outro lado, os parentes: pai, irmãos, a mulher do amigo morto.

Ainda olhava para todas as coisas pelo lado de fora. O sermão não era apropriado, pensou. Era quase Natal. Ficava difícil coser a senhora do mar – cujo nome por si só evocava a desgraça que em silêncio se chorava –, a boa nova que estava para ser anunciada, o nascer da esperança e a conjunção do sol e da lua que enfeitavam as árvores nas casas com aquela tragédia que se passara obscura, num canto de praia.

Divagava ainda, como se nada daquilo fosse para valer. Pensava no ritual abastardado, no gosto péssimo da nova liturgia. Media o sermão canhestro, embora de emoção decente, pelo metro antigo dos livros de outro tempo. O lugar estava cheio de pássaros, que tentava ouvir. Depois era o sol. Quente. Era preciso fugir mais para o lado, acompanhando a sombra do galho da árvore. Mas tudo lentamente. Voltava depois ao sermão, às melodias pobres que iam pontuando a missa. Por fim, não sobrava mais nada, a não ser observar a roupa das mulheres. Quando estava já muito longe, sentia-se mal. Concentrava-se de novo no padre, nas palavras, depois no canto, na cena da comunhão interminável, a música sempre igual e horrenda, mas que não parava mais.

Já para o fim da cerimônia, olhava para a viúva e sentia uma opressão vaga. Era como se, pela primeira vez, vendo o casal desfeito, tivesse a real percepção do que se tinha passado e do que ainda estava por passar.

Por isso foi até o saguão, onde se sentavam os evangélicos, contritos mas decididos a não olhar o ritual, sentou-se

76

num banco largo e tentou respirar mais fundo. Quando viu que terminava tudo, voltou, a tempo de ouvir as últimas palavras.

A fila dos pêsames era mais lenta ainda que a da comunhão. Como em toda a parte, havia os que achavam correto cortar caminho, furar a linha, atravessar pelo meio dos bancos para cumprir logo a obrigação. Caminhava já mais devagar que nunca, e quando finalmente se apresentou a ocasião, estava bem de frente com a viúva. Ela o chamou pelo nome e, quando se abraçaram, ele sentiu que finalmente se rompia o coágulo que vinha crescendo dentro dele. Soluçou violentamente, não conseguiu dizer coisa alguma e saiu, apoiado na sua mulher, quieto, até explodir num choro amargo, convulsionado. Já não sabia para onde caminhar. Ela o conduziu até uma mureta, sobre a qual se sentou, com a cara enfiada no lenço. Depois, sem saber como, foi até o carro. Ela ainda perguntou: "Você está bem? quer que eu dirija?" Respondeu que não. Quando ligou o motor e começou a andar, falou o que queria ter falado desde o início: "Eu gostava tanto dele" – e de novo começou a chorar. Parou o carro, desceu, trocou de lugar com ela e foi, como um sonâmbulo que finalmente acorda, exausto, conduzido para casa.

Mais uma semana passou, e outra, mas era sempre como se o amigo tivesse morrido na véspera. Não queria nunca pensar naquilo, porque achava que não conseguia pensar. Mas aos poucos a idéia foi esvoaçando junto da cabeça, como uma borboleta, até que pousou de uma vez por todas. O amigo estava morto, os filhos pequenos estavam órfãos, era tudo uma grande desgraça. Demorou para poder pensar assim tão cruamente. Mas isso não resolvia, afinal, coisa nenhuma. Pelo contrário, chamava lembranças, despertava a consciência de que muitas pequenas coisas, que antes eram uma espécie de comunhão à distância, agora machucavam: o gosto por motores, a bolsa de cachimbo, com apetrechos e cheiro de cereja, os carros e as motos antigas, cujo ruído e personalidade era sempre preciso conhecer e descrever.

O Sangue dos Dias Transparentes

Pensava nisso tudo, desordenada porém claramente. E quando sentiu que tinha já bebido mais do que tinha imaginado, lavou a boca na pia do banheiro e se meteu na cama, que estava morna, cheia de sensações familiares. Sentindo-o, ela se virou, passou-lhe o braço sobre o dorso e, depois de um beijo sonolento no meio de suas costas, disse "Que bom que você já voltou" e, antes de adormecer novamente, perguntou se estava tudo bem.

De olhos abertos contra o escuro do quarto, só murmurou em resposta, algum tempo depois, rápido e como se fosse uma coisa muito certa, que estava tudo bem.

Moto

Depois de algumas horas, o corpo ficava meio adormecido. A vibração do motor, o barulho do vento, a tensão entre os ombros, tudo aquilo produzia uma espécie de torpor desperto. O painel da moto dava a sensação de estar de volta a casa, com a relação familiar entre os dois relógios e a sucessão dos números dos metros percorridos, em ritmo regular. Era uma tarde morna, mas o vento estava fresco. Olhava para a estrada vazia e pensava em qual devia ser o rumo que estava por novamente começar. Era assim que sentia, toda vez: que recomeçava, e que todo o esforço anterior de construção era a preparação para algo que de fato não sabia, mas que desconfiava que não era nada. "Que jeito estúpido, dizia para si mesmo. Que jeito mais estranho." Perguntava-se se aquilo não seria afinal apenas desejo de mudança. Se a vontade de recomeçar significava, como sempre, apenas a banalidade de rasgar as fotografias em que deparava com a sua cara de felicidade, nos momentos esparsos que jaziam nos álbuns, nas gavetas, e que depois pareciam insuportáveis, exibindo o seu cinismo, a sua construção avulsa e solitária.

O Sangue dos Dias Transparentes

Ia pensando palavras como essas, como quem reflete consigo mesmo em voz baixa e sabe que nenhuma conclusão é de fato possível, que basta ir deixando o pensamento fluir, como a água fluía entre os dedos, no tempo da infância, e se derramava toda antes de chegar com ela ao ponto desejado. Ou como ele agora passava, inclinando-se de um lado para o outro, na estrada sombreada de eucaliptos.

A sensação das mãos molhadas, incapazes de reter a água. Era a mesma que sentia quando as palavras iam surgindo de dentro, formando as frases que tinham cadência e refletiam apenas o balanço do pensamento que divagava, como se andasse pelo corpo todo e apanhasse, em cada ponto, o ritmo próprio que o animava.

Destacadas do movimento do corpo, as palavras eram apenas um eco daquilo que importava e não se podia segurar, nem reproduzir.

"Era sempre assim... o que se havia de fazer?" Essa era a frase que voltava, como um refrão, cada vez que havia um espaço aberto, antes que a vista se detivesse sobre algum ponto da estrada ou que fosse preciso um momento maior de atenção às curvas, aos carros ou a outra coisa qualquer. De tal modo que já se habituara ao som dessas palavras e já as integrara nos gestos repetidos, como o de mover os dedos dentro das luvas de couro, ou ajeitar o capacete em volta da cabeça.

Ouvia agora que ela lhe dizia, em frente ao velho cinema, que não podia mais viver sem ele. Na memória, destacou-se, quase sem cores, o vulto dela: os seus cabelos pretos, a cintura fina. O rosto, finalmente, apareceu-lhe inteiro.

Diminuindo a velocidade, enquanto ia reduzindo as marchas e procurando um bom lugar fora da estrada, pensava que tinha esquecido que eram assim os lábios, que o nariz tinha aquela forma. Nunca mais pensara nela tão concretamente: o rosto que tinha, o corpo que era. Apenas a voz permanecia, abstrata, sem o timbre que um dia fora o seu encanto e que esperava ouvir no fim do dia, quando ia encontrá-la na varanda.

Quando parou, tirou o capacete, olhou para o céu. Tirou as luvas, por fim. Acendeu um cigarro e começou a caminhar até a cerca, que estava coberta de flores-de-são-joão. Enquanto isso, pensava naquela frase na frente do cinema, que ele sabia que era cheia de dor e de revolta. Ele já não a queria mais. Tudo tinha subitamente mudado um dia, por conta de alguma coisa que já não podia recordar. Primeiro, em frente da casa, tinha dito para ela que aquela era a última vez, que tudo tinha terminado. Depois, houve algumas recaídas. O corpo tinha o seu costume, exigia a sua parte, embora o coração já estivesse longe e cheio de vontades várias que só traziam a mesma idéia: que ela já não contava de verdade, que tudo tinha passado.

Chorando, ela se apoiara na árvore, e ele foi incapaz de um gesto que não fosse falso. Depois, a cada vez que a procurara, tinha sofrido com a esperança dela de que aquilo significava a volta de algo que estava morto para ele. Por fim, na frente do cinema – como se lembrava agora vivamente, enquanto caminhava de volta para a moto, que parecia mais bela, vista de perfil – com todos os amigos olhando de longe, na expectativa do desfecho, ela lhe dizia aquela frase, fazendo força para não chorar.

Ele tinha olhado para ela demoradamente, antes de responder. A memória se abria, tudo se mostrava com nitidez maior do que na própria situação. Lembrou que dissera: "Olha, acabou... não tem mais nada que fazer".

Ela o olhou ainda uma vez. Depois se virou e foi andando lentamente, mas sem abaixar muito a cabeça, para onde a esperavam as amigas. Ele ficou parado ainda um bom tempo. Agora, olhando a moto, pensou que era mais ou menos a mesma distância em que tinham ficado quando cada um se juntou a sua roda de amigos.

Caminhou até a moto. Apagou o cigarro, pôs o capacete. Depois as luvas, puxando com cuidado o zíper, que estava meio frouxo, até que o fechou completamente. Quando ligou o motor, sentiu de novo o conforto que lhe dava o ruído ca-

O Sangue dos Dias Transparentes

denciado e o movimento preciso do ponteiro do conta-giros. Quando a velocidade se estabilizou, o ruído do vento e os pequenos movimentos do corpo, integrado ao ritmo da viagem, foram fazendo aqueles sentimentos desaparecerem no fundo escuro da memória, onde se decompõem coisas boas e coisas ruins, misturadas na sucessão que identificava com a sua vida e com restos de leitura, quadros de filme, histórias já anônimas.

Na linha do horizonte agora se erguiam as encostas da serra. Mais ao sul, o céu começava a ficar amarelado. O dia chegava ao fim. Tinha sido uma boa viagem. O tempo tinha ajudado. No cruzamento com a estrada principal, fez o contorno. Deixou para trás o esboço da serra e o pôr-do-sol.

Começava a esfriar e era bom sentir o calor que subia pelos pés, vindo do motor. Abaixou, por isso, a viseira, debruçou-se um pouco mais sobre o tanque e acelerou. Os dois ponteiros subiram juntos, cadenciadamente; o motor reagiu. Logo, trocando rapidamente as marchas, atingiu a velocidade de cruzeiro.

Música

No dia seguinte, era outra vez um estranho. Nem as suas mãos, nem a forma do seu corpo lhe pareciam já familiares. Como se desdobrado, olhava-se e era ao mesmo tempo olhado. E, de cima para baixo, era um olhar de que não havia fuga possível. Cada coisa em seu lugar, e todos os lugares estavam errados, ou pelo menos trocados de uma forma que não podia compreender.

Ainda sentia, entretanto, que algo estava para mudar. Pensava: "É a dor de uma metamorfose"; o que tinha de fazer era apenas aguardar. Mas como se livrar daquela angústia era o que não sabia.

Tinha de ter a virtude da paciência, da espera sem esperança. Porque esta era mesmo o último dos males, a última forma do castigo. Sem esperança nem medo, era como queria viver esses dias dolorosos. Mas era entre ambos que oscilava, quando menos percebia, e nem a lua vermelha das queimadas, nem a música da sua juventude lhe traziam alívio, nem sossego.

O Sangue dos Dias Transparentes

Quando a conheceu, quando falaram pela primeira vez, pensou logo que ali estava o que tanto tinha procurado. Depois, com o tempo e o costume, foi vendo que era de fato o que queria para a sua vida, que tudo parecia enfim fazer mais sentido, e que a estrada se estendia sobre a paisagem, desde aquele ponto até onde a vista alcançava, contornando as colinas numa suavidade radiante. Era a imagem que lhe ocorrera repetidamente, sempre que, com os olhos fechados, aspirava sobre o corpo dela aquele perfume que já fazia parte dele mesmo. E mesmo na ausência, a cama toda lhe dizia o mesmo, e o quarto; e a luz que entrava pela janela, vindo de trás do prédio do outro lado da rua, trazia a lembrança futura do dia em que ela voltaria e tudo estaria de novo no lugar.

No entanto, algo o corroía, algo o impedia de ser como queria. Talvez fosse o medo de que, também desta vez, tudo não passasse de um sonho e ela, de repente, se mostrasse outra, desconhecida, cruel como nos pesadelos em que tantas vezes fora assombrado por uma presença escura e agressiva. "Era irracional." E concordava com a voz que ouvia em segredo: "Não há nisso nada de real". Mas um pedaço de si mesmo ainda relutava e temia pelo excesso de felicidade que entrevia.

Pôs um disco. Ouviu de novo aquela música, que era cheia de vida e lhe trazia o tempo de volta. Queria estar ali, queria tê-la encontrado no tempo em que fora tantas vezes à cidade onde ela deveria estar, em algum lugar, com os cabelos longos ao vento e aqueles olhos que entravam nos seus. Antes de tantas coisas que lhe tinham acontecido, podia tê-la visto um dia, pensava, e então desde o começo, quando o medo era um fantasma sem substância, desprovido de peso sobre o coração, teria encontrado o caminho que era ela.

Não fora assim, e provavelmente não poderia nunca ser assim. Agora, ambos estavam talvez prontos um para o outro, e era dele que dependia a entrega, pensava. E queria que tudo pudesse finalmente ser como tinha de ser.

Enquanto os minutos transcorriam, enquanto se preparava para aquela presença que o perturbava, sentia passarem na frente dos seus olhos as tardes quentes, com cheiro de bolo de laranja – a cidade em que vivera. Os livros todos em que buscara o sentido da vida e do amor, os versos que nunca mais saíram da memória, a casa do avô, perdida à beira de uma estrada poeirenta, as velhas paisagens da infância que ainda resistiam num lugar secreto da sua mente e agora vinham subitamente à tona, enquanto a esperava.

Queria dar-lhe essas coisas, estender tudo o que tinha acumulado e depurado ao longo dos anos, como quem abre um tesouro sobre a mesa, e dizer-lhe: "Olhe! Veja aqui o que sou eu!" E, nesse delírio, ela o envolveria – a ele e ao que ele lhe mostrava – com o mais doce dos olhares.

E quando sentisse o acolhimento necessário, poderia dizer-lhe, sem a menor sombra de medo ou de hesitação, que a amava muito, e que tudo, de uma vez por todas, finalmente estava recomposto.

Noite

É possível que houvesse outra forma de ver aquilo. Sempre haveria, na verdade. Mesmo o sol, quando nasce ou quando se põe, é visto de várias maneiras. Por que então não poderia ser assim com um jeito de ser, um ato moral, uma forma de sentir a pulsação do sangue ou o destilar lento dos outros líquidos do corpo?

Mas essa percepção não bastava. Era racional, apenas. E, nesse caso, o que contava mais era a sensação de que uma grande nuvem se estendia de um canto ao outro da sua mente. Abafada, como num dia de verão, quando a grama do quintal parece imóvel sob a calma da tarde, e cada folha das árvores está pronta para receber a chuva, sua mente era um palco vazio. Ou como quando uma brisa surge de súbito, num canto de rua, e os jornais velhos se agitam, jogados de um lado para o outro até que os imobilizem as primeiras gotas grossas da tempestade que por fim vai desfazê-los.

Mas o surgimento que se impunha naquele momento, que ele não conseguia apreender, como o vulto dos mortos abraçados pelo poeta, desfazendo-se três vezes, para três vezes

O Sangue dos Dias Transparentes

novamente serem circunscritos pelos braços inúteis – o sentimento que se impunha era o do abandono, da falta de julgamento, porque uma condenação terrível era a única possibilidade real, se insistisse em pensar.

Debateu-se um minuto contra o vidro daquela verdade. Caiu quase, por fim, exausto sobre o chão, como a mosca que tenta atravessar a janela. E depois sentiu apenas que os ruídos familiares da casa se erguiam em ecos pelos cantos.

Todos diziam: é este o coração do tempo, e ele tem a forma do coração de uma mulher. E ele sangra, se derrama pela sala e todos os peixes se debatem na viscosidade vermelha, em busca de um pouco de ar e de água.

Aberta a janela, o quadrado negro da noite se estendeu até as luzes do fim da vista da cidade. O ar frio entrou e atravessou de súbito o espaço em que ele estava em pé.

Sentou-se sobre a beirada do sofá, pôs a cabeça entre as mãos. Ainda pensou que era um gesto de gosto teatral. Ouviu o estalo de gelo no copo, que era como um sinal de que a cena começara. Então, mentalmente, chorou. Sentiu-se melhor. Depois tornou a engolir mais um pouco de sono e prostração.

Não demorou muito ali. Apenas o suficiente para sentir o vento úmido, com as gotas da chuva que não parava.

Então, finalmente, quando a última pedra de gelo escorregava contra os dentes e parecia esforçar-se por parti-los, olhou pela janela. Como quem reconhece um rosto há muito tempo esquecido, fixou-se com muito empenho na contemplação da noite, que era escura, molhada e não tinha estrelas.

Depois se levantou. Pôs o copo suado sobre um largo cinzeiro de louça, que tinha a forma de um prato ovalado. Cambaleou até o quarto e se jogou de costas na cama, querendo apagar logo, dormir. Quem sabe... – como dizia outro indeciso sofredor e irascível.

Antes que o corpo se estendesse por inteiro no colchão, completou maquinalmente a frase, como se a questão ali reposta pudesse erguer-se, ou pelo menos ficar mais leve, se apoiada em velhos pedaços de literatura: ...talvez sonhar.

Óculos

Ali deitado, olhava sempre para os mesmos pontos. Ora para um quadro, onde a Pietà insinuava o óbvio, com o filho morto langorosamente sobre o colo. Desejo extinto, dizia para si mesmo. Coisa para os deuses, vivos ou mortos. Para nós, pensava, apenas se bem mortos, no fundo da terra, ou sobre ela jazendo estendidos sob o céu azul. A terra-mãe, de qualquer forma, objeto e lugar da trajetória. Ora para uma reentrância nos tijolos. A imperfeição do detalhe próximo, onde podia pôr as costas da mão ou os dedos (como fizera na história o incrédulo Tomé), até familiarizar-se com a textura, repetir o gesto até a exaustão do tato. Ora para os próprios óculos, em que contemplava, revirando-os nos dedos e observando como a luz que os atravessava levemente coloria a borda das lentes, o reflexo da janela que ficava às suas costas.

Falava às vezes simplesmente. Outras, olhando para o nada, tentando entender de onde vinha o obscuro movimento que apenas pressentia. Quando a mente tentava olhar-se naquele espelho confuso que era o próprio jeito de pensar, abria-

O Sangue dos Dias Transparentes

se ali ao lado um abismo sem fundo. O que, talvez, não pode ser visto, nem falado.

Se ela então lhe dizia a palavra certa, como um *Fiat!*, descortinava-se um pedaço do chão, iluminava-se um breve trecho das margens do poço. Depois de novo se apagava o som daquela voz. Então mais uma vez se punha a tatear, no estranho passeio imóvel, mais ou menos entre o sonho e o terror da insônia.

Havia, porém, uma zona estreita onde, entre a técnica e a espontaneidade, medrava pouco a pouco a flora comum, num broto muito fino, aguçado pela intensidade daquela luz artificial: o que sempre se podia chamar de afeto.

Dia após dia, desfiava o novelo. Tinha pelo menos a impressão de o desfiar. Quando se perguntava o que fazia ali, mudava logo de assunto. Era ao mesmo tempo a vivência mais estreita e a mais completamente artificial e assimétrica, desde o jeito físico até a extensão das falas.

Pouco sabia ou nada quase sabia daquela voz que, atraído pelo gosto das imagens visuais, percebia às vezes como um longo braço que levemente o sustentava, ou então como um vazio abrupto, como um gesto que lhe abria de novo sob os pés um buraco que já julgava ter sumido. Do que dizia, conhecia o tom, a sintaxe quase toda, o jeito de apresentar uma palavra central para o momento. Confortava-o aquela voz, como um xale conhecido que num dia de frio se pode pôr sobre os joelhos. Era, enfim, um rudimento, uma molécula de amor.

Eram imagens banais, dizia para si mesmo. Mas num acesso de bondade, permitindo-se a alegria de ser apenas uma presença, sem as exigências da vida exterior, pensava: que havia de fazer? Nesse nível ninguém é de fato original.

Quando não a pôde ver mais, quando terminaram de súbito as visitas regulares, viu que sofria confusamente, como da primeira vez que pisara um solo estrangeiro, onde ninguém sabia nada dele, nem a sua língua, nem o endereço que não tinha.

Várias vezes tinha imaginado, ao dar alguns passos fora do saguão do aeroporto, o que seria dele se caísse no chão, num súbito infarto ou outra coisa fulminante. Era o mesmo, pelo menos de alguma forma obscura. Mas havia também uma excitação de descoberta, de novidade e de libertação.

Por isso, enquanto atravessava a avenida para tomar um café, era como se estivesse cruzando uma rua estrangeira, sob o sol morno do começo do outono, sem nada para fazer que não fosse olhar para o dia em volta, em boa calma e melhor satisfação.

Onça

Era um caçador de onças. Pelo menos dizia que era, no meio da risada contida dos outros fregueses da venda, no final da tarde.

Há tantos anos que já não havia onças por aquelas fazendas, que a história ficava realmente ridícula.

Mas sempre que bebia um pouco, desfiando umas manjubas secas, começava com as histórias. Na verdade, falava como quem desfiava também as lembranças, secas como os peixes salgados, que ia trabalhando com as unhas sujas. Eram sempre as mesmas. Não podendo ser verdade, aumentavam o prazer dos outros, que se riam também da falta de imaginação. "Conta agora a da pintada que você cercou perto do paiol." "Não, a que você tocaiou de cima da goiabeira, no córrego do Zé Pereira..."

Enquanto tirava da boca uma espinha, olhava de lado para mim, que estava servindo no balcão da pinga, e eu pensava que louco manso era o velho, com aquelas fantasias todas. Tinha dó dele. Sem que vissem, punha-lhe sempre mais

O Sangue dos Dias Transparentes

alguma no copo. No fim da tarde, já escuro, quando todos saíam para casa, também ele arrastava os pés, cruzava o terreiro da frente e se enfiava pela estrada.

Morava numa tapera, que lhe emprestavam de favor. Tinha sido casado, mas a mulher o abandonara. Vivia com a irmã, tão velha quanto ele, mas que não falava nada. Não que fosse muda. Tinha só o jeito quieto. Tinham vindo da Albânia muito pequenos. Naquele lugar viveram os pais, viveram eles, colonos da fazenda. Agora era a única casa em pé. As outras tinham virado chão de pasto, mas deixaram aquela. Onde iriam os dois velhos? Sob o tamarindeiro, sem portas, viviam então ali e prestavam pequenos serviços em troca da morada, alguma comida, e uns trocados quando ela passava roupas ou ajudava a cuidar do porco, no dia de fazer lingüiças.

Por isso também a história das onças era ridícula. Ele tinha vindo da Europa. Os outros é que eram dali daquele lugar, e nem os pais, nem os avós nunca falaram de onças. Lobos tinha havido. Guarás. Onças, nunca.

O pobre homem tremia de emoção ao contar como aquela manhã, depois de perseguir e perder a onça pelos pastos, voltando para casa, viu os cães arrepiados na porta do paiol de milho. Todos já começavam a se torcer de vontade de rir. Os cães latiam, como se houvesse no paiol um monstro, dizia, e que logo pensou: é a onça. Os outros riam, perguntavam se era mesmo a onça, se não seria um gato atrás de ratazanas. Ele parecia não ouvir, e prosseguia sempre.

Quando contava, enchia o espaço de gestos. A onça se enfiara no meio das espigas de milho, de modo que, olhando assim, era um amarelume só. Mas os cães saltaram logo para a porta, ladrando, de modo que ele logo percebeu que a bicha estava ali.

Com requintes de mímica, punha a espingarda junto do olho, dormia na pontaria, enquanto contava como viu os olhinhos da bruta e para lá mandou um balaço certeiro. Balançava a cabeça, dizendo que era preciso ter visto para acreditar como ela estava bem escondida e concluía com um toque de mistério: não tinha por onde ela ter entrado, que o paiol era bem fechado!

Eu ficava intrigado com esse final. Devia ser um idiota o homem, coitado, para terminar assim uma história em que ninguém acreditava: faziam piadas então sobre a onça no paiol, como era normal, e voltavam a falar das coisas de sempre, que eram o tempo, as chuvas e o futebol.

No fim dos anos sessenta começaram as grandes mudanças na fazenda. Trocando de dono, sumiram os cafezais e cresceram as pastagens. As colônias se esvaziavam e já não havia clientela para a venda. Começava a morrer aquela margem de estrada.

Ele continuava, me diziam na cidade, morando na tapera velha. A irmã já tinha morrido, num sábado de aleluia. Velho e sozinho, não devia durar muito.

Fui vê-lo num final de abril, num dia de céu muito azul, sem nuvens. Levava uma boa garrafa, manjubinhas, fumo bom. Achei-o sentado sob o tamarindeiro, fazendo cavacos com o canivete.

Eu agora era já um homem feito, ele disse. Perguntou se tinha mulher, disse que não. Se ia ter, disse que sim, talvez, quem sabe, tinha namorada agora.

Ele disse que estava muito velho, que logo chegaria o inverno e que achava que não ia agüentar outro. Bebendo e conversando, começou a ficar noite e nos sentamos perto da porta da cozinha. Não tinha lamparina, porque não tinha querosene, e não tinha lua aquela noite.

Via o seu vulto apenas, sob a luz difusa do anoitecer.

Então me perguntou se era verdade que eu sabia do que ele falava, naquelas histórias todas que contava. Disse que não, mas que acreditava que tinham fundamento, porque eram sempre iguais. "Você lembra do Zé Pereira?" Eu me lembrava da história, só, não tinha nascido quando ele morreu. Contou então como aconteceu aquilo. O homem estava de caso com uma mulher casada, o marido descobriu, viu que saía da casa dele, foi atrás e o matou com uma paulada. Contou o caso

O Sangue dos Dias Transparentes

com detalhe. Como o assassino o esperou, como o cercou contra a cerca do fim do pasto e como por fim o matou na margem do córrego e depois jogou o corpo dentro, sem roupa, para parecer acidente, congestão. O Zé Pereira não prestava, tinha merecido, porque era benzedor de cobra e tinha parte com o diabo – era o que dizia toda a gente.

Falava agora sem muita pausa, e contava histórias de outras pessoas que conhecera. Falou de quando meu pai veio pela primeira vez para aquele sítio, junto com os outros do escritório. Do gerente da companhia, que era inglês e bebia como um gambá.

Depois me disse, muito rápido e baixo: "Fui eu". A princípio não entendi. Repetiu: "Fui eu que matei o Zé Pereira e também devia ter matado ela, cachorra". E o resto: ela devia ter sabido, porque não estava em casa quando voltou. Procurou em toda a parte, até que chegou ao paiol e ouviu o barulho da respiração dela lá dentro, trancada, tentando se esconder. Abriu a porta: ela estava quase coberta de espigas, com os olhos muito abertos, olhando para ele. Levantou a espingarda, dormiu na mira. Eu podia vê-lo perfeitamente na memória. Através da escuridão de onde só saía a sua voz, via certinho a espingarda apoiada no ombro, o rosto meio deitado sobre o cano.

Fez uma pausa, ficamos quietos os dois. Eu já adivinhava o final da história, mas ele contou que não tinha podido, tinha baixado a arma. Se a visse de novo a mataria, que sumisse para sempre e nunca mais desse notícia. "Agora!"

Ela foi. Nunca mais soube notícias, como queria e não queria. Só a irmã sabia tudo. E agora eu sabia. Ele logo estaria morto, e alguém tinha de saber a verdade verdadeira. Foi o que disse.

"Como era o nome dela?", perguntei. "Das Dores", respondeu. Quando caminhava para o carro, ouvi que soluçava. Morreu em junho daquele ano. Até o último momento, deve ter ainda esperado que ela desobedecesse e voltasse para casa.

96

Papel

Olhava de novo aquele papel. Perguntava-se como podia ter acreditado. Era mesmo um tonto. No começo, parecia diferente. Parecia, de fato. Como se aquela vez tivesse sido preparada desde sempre. Ele se lembrava. Estava de roupão, o que era raro. Ficava normalmente de cuecas, rodando pela sala. Naquele dia, pôs a roupa desusada e se sentou no fundo da varanda, olhando vagamente para a mangueira do quintal vizinho. Havia algum odor no ar. De flores, talvez. Lembrou-se da avó, quando comia. Tinha aquele olhar voltado para o nada, enquanto a boca já sem dentes sugava o que podia. Sempre se lembrava daqueles olhos. As crianças também, muitas vezes, na feira ou nas lanchonetes de domingo, tinham aquele olhar estúpido e vazio. Tudo estava suspenso. O corpo exigia a sua parte, solitário.

Tudo isso não vinha como pensamento, mas como lembranças em pedaços, frases soltas. Tentava não dizer: "Isto é um pneu, aquilo é um buraco na pista", coisas como essas. Nem "agora estou aqui beijando esta menina, e isto é bom".

O Sangue dos Dias Transparentes

Nada. Ouvia então restos de frases. Quem falava? Quem discutia quantos pães comprar, ou a cor exata de um abajur? Nunca as tinha ouvido de verdade. Mas de alguma parte brotavam espontaneamente, quando parava de falar consigo, de descrever o que estava diante dele. Lembrava-se do que lhe tinham ensinado: era para rasgar a rede. Mas sem nada nas mãos só pegava aquelas banalidades sem fim, frases sem corpo, gestos também involuntários.

Preparou-se para voltar. Um livro, ou um copo de conhaque, quem sabe, pois a tarde caía fria e úmida, depois do dia mais ou menos quente de final de verão.

Mas era um tanto crédulo ainda, e decidiu que precisava ficar ali mais algum tempo. Tinha vindo por algum motivo obscuro – era a isso que queria se agarrar –, e agora ficaria.

Para o lado do poente, poucas nuvens. Sempre em abril o céu era liso. Olhava para a cor homogênea de um lado, depois para o poente outra vez. A linha do horizonte sempre mais clara, o meio do céu, nessa hora, quase indefinível. Bateu-lhe outra recordação banal: sobre o toucador das tias, um polidor de unhas. Velho veludo, a madeira polida igualmente pelos dedos. Meio curvo, estava sempre mais limpo nas pontas. Era por aquela forma, pela cor mais leve das extremidades que lhe ocorria agora. Adivinhou logo, não era mistério.

Já não soube, porém, explicar a lembrança seguinte, quando esticava os pés sobre a mureta do canteiro. Estava num lugar estrangeiro, numa sala pequena com cheiro de pó. Inverno, frio, com o sol atingindo a terra de raspão, correndo quase paralelo à linha do horizonte. Fumava muito e teve de abrir as janelas. Ali, com o rosto no frio que invadia aos poucos o pequeno escritório, percebeu o silêncio profundo que fazia. Nos velhos canteiros, apenas o esqueleto de roseiras.

Depois uma cidade pequena, de poucas ruas. O mar, logo adiante, era como um muro gelado. De manhã, sempre as gaivotas. À noite, quando o trem deixava a estação, quem percorresse as calçadas não toparia com ninguém. Ou talvez só com uns velhos, apoiados um no outro, ao sair do bar. Sobre a cena que surgia, a lua cheia agora vinha subindo. Pensou que era bonito aquilo, como uma grande lanterna cortada, no frio, pelas árvores já secas.

Olhou de novo para os pés. Era ainda um jeito de pensar, de olhar no pensamento, qualquer coisa assim.

Nada acontecia. Não era nada como quis, à força, acreditar.

Entrou de novo em casa. Foi até o fogão, pôs no fogo a água do café. Quando percebeu, estava há muito tempo olhando para a folha em branco, sem pensar. Ou teria cochilado? De qualquer forma, desligou o fogo e pôs na pia a caneca toda queimada, voltou para a mesa e pensou: "Seja o que for, não mudou nada".

Pára-quedas

O dia era de céu azul. Transparente, o horizonte parecia apenas um lugar onde a vista se perde. No brilho azul da manhã de outubro, quente, dirigia o carro para encontrar o amigo.

Iam todos ali: a mulher, as filhas, na luz do dia límpido.

Quando chegaram ao campo, viram logo o carro dele, e mais adiante a cabeça branca, meio debruçada sobre a mesa. Tomava água, sob uma tenda feita de um velho pára-quedas amarelo. A cor era essa, banhando em gema de ovo toda a cena matinal.

Como de costume, quando ficava quieto e pensativo, punha o lábio inferior meio projetado para a frente. Tinha os olhos quase fechados para resistir à claridade estonteante e parecia alheio ao que tinha vindo para ver.

Acenou-lhe de longe, quando o movimento atraiu a vista. Respondeu e logo disse alguma coisa para os dois rapazes que se levantaram e vieram ao encontro dos recém-chegados.

Era um dia especial: o filho saltaria de pára-quedas. Todos ali estavam para ver o feito.

O SANGUE DOS DIAS TRANSPARENTES

Assim que chegou a hora, embarcaram os garotos num carro velho, que lentamente os levaria ao avião e para o mergulho de minutos em completa novidade.

As crianças brincavam. Ele olhou para o amigo, passou a mão ao lado da cabeça, como se quisesse mostrar aqueles cabelos já sem cor, e começou a falar.

Contou a história toda: o grande amor, os desencontros, o casamento, o reencontro, a vida dividida. O que poderia ter sido e o que foi.

Os olhos, ainda pequenos pela luz, subitamente estavam intumescidos. Olhava para aquilo tudo como quem estranha uma cena familiar.

A seu lado, o outro olhava para a frente, calado.

Com muito esforço, bateu-lhe desajeitadamente na mão. Disse: "Que coisa! Que coisa!"

A manhã era muito luminosa. Quando chamaram finalmente, que o rapaz descia pelo céu, caminharam sob o sol uns poucos passos, cegos pela claridade e pelo que acabavam de comungar. Olharam para cima. A luz doía.

Era o sentido daquela vida: aquele menino que ali vinha, feliz com a sua primeira grande aventura. Era o bastante para redimi-la?

As crianças correram, quando o pára-quedas pousou e, como uma flor que agoniza, caiu por terra, mal sustentado pela brisa leve.

Estava terminada aquela festa.

Quando se despediram, assim que as crianças entraram no carro, ela perguntou: "O que é que vocês estavam conversando? Parece que ele tinha lágrimas nos olhos..."

Ele a olhou e, enquanto abanava a mão para os que ficavam, combinando novos encontros, disse: "Nada, você sabe..." E dirigiu em silêncio lentamente para casa.

Ponte

Parou o carro sobre a ponte da represa. Desceram, deu-lhe a mão e a levou para onde a luz do sol quase poente refletisse melhor nos olhos claros. Estava encostado à mureta e olhava para ela. Os olhos verdes.

Pôs as duas mãos em volta do rosto dela, segurou-a assim um momento. Ela se inclinou para a direita, depois para a esquerda. Como se dançasse. Depois, comunicando o movimento do rosto ao resto do corpo, oscilou para um lado e para o outro. Finalmente, forçou um giro pela esquerda, para ficar virada de costas para a luz do sol. Ele cedeu e viu crescer o halo dos cabelos, com os reflexos vermelhos espalhados pelos fios.

De repente, o sol incomodava. Estava já se pondo, tocando a parte mais alta da colina. Ela jogou a mochila no chão. Viu quando ela se ajoelhou e esperou. Ela abriu o zíper. Olhava desde baixo, com um riso safado. Ele esperou até que ela começasse, olhando para os lados, para ver se de fato estava tudo bem.

Começou. O seu olhar ia passeando pela superfície da água. A sombra das nuvens, o reflexo da colina, a grande extensão das ondulações tingidas de vermelho pelo sol poente.

Mais adiante, as casas da orla eram pequenas manchas brancas, adormecidas na modorra. Os pássaros cantavam. A brisa começava a ficar mais fria.

Olhou para ela. O nariz reto, a pele bem branca, as pequenas veias azuis ao longo dos braços e do pescoço. A sobrancelha fina. Ela continuava, com os olhos fechados, com a luz do sol avermelhando mais ainda os fios finos dos cabelos. Não fazia rápido. Não tinha pressa e parecia agora inteiramente alheia, concentrada.

Ele sentia a ondulação dos sentidos, a tensão acumulada nos tendões das pernas, que fraquejavam, e depois se dissolvia ao longo da espinha, voltando a concentrar-se nos pontos em que sentia a pressão da boca, dos dentes, e o movimento da língua.

Voltou a olhar para o lençol de água, percorreu o horizonte com a vista, de uma ponta a outra. Tudo parecia absorvido agora, contido no torpor tenso que ia envolvendo cada músculo. Olhou novamente para ela e lhe disse, enquanto passava a mão pelos seus cabelos, que já não brilhavam tanto, com o sol se pondo: "Não abra os olhos, ok? Não abra os olhos!"

Quando sentiu que chegava a hora, esticou os braços, separou bem os dedos das mãos, sentindo passar entre eles a brisa já fria do começo da noite.

Quando relaxou, ela estava, como lhe havia pedido, ainda de olhos fechados. Tinha sentado inteiramente sobre os calcanhares e mantinha a cabeça abaixada, como nas gravuras japonesas.

Sentado ao seu lado, puxou-a contra si, ainda em silêncio. Ela inclinou-se, deitou-se sobre ele, que a abraçou. Já fazia frio. Ela abriu a mochila, apanhou uma blusa, que puxou para cima do seu corpo. Ele se aconchegou, enfiou as mãos embaixo do agasalho e inclinou a cabeça para trás. No céu, do lado oposto, apagavam-se os últimos reflexos do sol poente.

Urubu

O menino foi até o beiral da varanda. Estava chorando. De dentro de casa, chegava ainda uma voz azeda. Do outro lado da jabuticabeira, uma nuvem fazia cara de bruxa, com um nariz tão comprido que chegava a passar a cerca. Lá ficava o galinheiro do vizinho, com o galo bravo de crista comprida e os pintinhos novos, que ele trouxera na semana passada.

Limpando a cara na manga da camisa, olhava para a velha garagem, onde escondera os tesouros capturados na última guerra no fundo do quintal. Pensava talvez assim mesmo, aos saltos, enquanto descia a escada e pisava logo no pé de abóbora. Chutou a primeira que encontrou, que bateu contra o tambor de lata, fazendo um ruído perigoso. Olhou para trás, já esperando que saísse alguém pela porta, com cara de castigo.

Ninguém parecia ter ouvido. Subiu rapidamente pelo caminho da árvore e se sentou. Na forquilha mais alta da jabuticabeira. Mais para cima, só se fosse para fazer estilingue, de tão finas que eram. Ali era o lugar mais alto que podia. Foi

O SANGUE DOS DIAS TRANSPARENTES

então que se lembrou que devia ter trazido um lanche. Não tinha pensado nisso. Tivesse, não precisava mais descer. Os outros iam acabar ficando ali embaixo, procurando por ele no quintal todo, na rua, na casa dos vizinhos. Se amarrasse o cinto no galho, podia até dormir ali na forquilha, sem medo de cair. Mas sem o lanche e sem nem um pouco de água, logo ia ter de descer.

Gostava daquele lugar porque dali via tudo o que queria. Da casa de baixo, o galinheiro completo, a janela onde a vizinha passava roupas, um pedaço da área na frente da cozinha. Da de cima, o fundo do quintal. A horta, o viveiro cheio de passarinhos, a gaiola de coelhos, a casa do cachorro velho.

Da que ficava atrás, via pouca coisa. Os quintais apenas se tocavam pelas pontas, e só via a cumeeira do telhado depois do pomar onde os chupins, à tarde, voavam em bando no meio dos pardais.

A nuvem se desmanchava em várias partes. Começava a ventar mais forte e mais frio.

Foi então que viu o urubu. Estava voando baixo, em círculos, mais perto do que de costume. Dava quase para ver a cabeça seca, a papada preta em volta do pescoço. Já tinha visto outros, sentados nos pés de pau da beira da estrada. Por isso imaginava bem certinho a forma da cabeça, o bico curto e torto, o pescoço desajeitado.

Pensou que nunca tinha testado com os urubus os seus poderes. Comandou então ao bicho em pensamento: "Urubu, desça logo na cerca!" O pássaro foi girando, fez que ia para o lado da igreja, voltou sobre o posto de gasolina, ainda teimou um pouco, mas acabou pousando bem na frente da janela da costureira. O menino olhava para aquilo cheio de terror. Espiou dentro da casa, viu que a mulher não estava e logo comandou de novo, desta vez quase gritando junto com o pensamento: "Urubu, vá embora daí!"

Da mesma forma que não queria vir, agora não queria ir embora. Resistia. Olhou para um lado, para o outro, como fazem as galinhas, meio de lado, e nada de sair. Depois, como o menino continuasse pensando sempre fixo que ele tinha de voar de novo, finalmente estendeu as asas e pulou. Quase chegou ao chão. Esticou mesmo os pés feios, mas de repente se ergueu no ar, passou bem rente das pontas da jabuticabeira e logo estava de novo sobre a casa, erguido sobre a cidade, no vôo circular.

O menino respirava rápido. De repente, em súbito pavor, desceu pelos galhos, raspou o joelho no chão quando pulou e, sem parar, passando a mão com cuspe na ferida, subiu a escada da varanda a toda pressa.

"Mãe!", ia gritando, "Mãe!" Quando finalmente esbarrou com ela, na porta da cozinha, nem teve o que responder. Afinal, como explicar todo esse barulho? Não tinha acontecido nada. Era só que estava com medo do urubu, mentiu. Ela o olhou com a cara de sempre, entre o desgosto e o ar de "o que será que está querendo agora?" Mas nada disso importava, na verdade. O pensamento, sim, era uma coisa muito perigosa. Por isso foi logo para o banho, sem que lhe dissessem nada, e depois do jantar, rapidinho pra cama. Eram todos, como sempre, uns chatos. Mas gostava agora de escutá-los resmungando as conversas de toda noite, enquanto ia pouco a pouco adormecendo em paz.

Viagem

Ia todos os dias, a certas horas, olhar pela janela. Não que esperasse vê-la. Quando viesse, telefonaria, ele a iria buscar na estação. Mas era um dos muitos rituais de ausência. Como acender as luzes na seqüência, ver o jornal e depois preparar o chá ou a bebida, antes que a noite caísse por completo.

Olhava para baixo, onde passavam os carros, e pensava na vida vagamente. Tinha conhecido o amor por momentos, acreditava. Por outro lado, como sabia, era só por momentos que poderia existir. Ou imaginava, quando tentava controlar a depressão que descia sobre o seu espírito ao cair da tarde.

Na memória desfilavam, lado a lado, lembranças reais e sonhos que viraram, com o tempo, lembranças. De tão sonhados, faziam parte da vida. Tinham sido a irrealidade quotidiana por tanto tempo, que agora faziam parte da memória. Quem diria que não tinham, em relação, por exemplo, à lembrança de quando matavam o porco na fazenda e vinham as galinhas comer o sangue coagulado sobre a areia – quem diria que não

O SANGUE DOS DIAS TRANSPARENTES

tinham a mesma existência nos lugares onde o passado, como uma múmia, se preserva?

Pensava, portanto, de um modo convulsivo e lógico. E enquanto separava os blocos de gelo com que prepararia mais um copo, ria talvez do que pensaria amanhã de si mesmo.

Um daqueles sonhos ocupava um nicho separado. Era o de que não tinha mãe. Desde que era garoto, por uma razão qualquer, tinha a dificuldade muito especial de sentir que tinha mãe. Criara para si mesmo um mito próprio. Era verdade que muitos seres fantasmáticos tinham sido concebidos sem pecado. A novidade, no caso, era ter sido concebido em pecado, mas sem mãe. Mater dolorosa, mater iniqua, mater absconsa – todas tinham em comum um traço simples: eram de alguma forma mães. No limbo do seu mito pessoal, era diferente: nem rastro de uma figura materna. Nem Medéia, nem Górgona, nem Maria ou Ísis, nada.

Fora assim que se fizera com as mulheres: quem poderia ocupar um lugar que nem era pleno, nem vazio, um lugar inexistente, que só se havia imposto de fora, pela conversa dos amigos, pelos textos vários da literatura?

Quando a conheceu, pensou que alguma coisa por fim ia mudar. Ou então queria tanto que até achava que era verdade o lugar-comum, e tinha essa alguma coisa mudado antes e por isso apenas pôde conhecê-la.

Fosse como fosse, a verdade é que se lembrava perfeitamente de quando a vira. Estava sentada do outro lado da sala. Assim que entrara, a tinha visto. Era bonita. Tinha os olhos claros bem abertos.

Quando olhou de novo, parecia que olhava para ele. Como nos filmes, a reação ridícula foi olhar para trás. "É comigo?", teria perguntado, se pudesse. Não se moveu, mas viu que era, e não pôde fazer coisa alguma, senão esconder-se sob a máscara banal da indiferença.

Depois de um pequeno intervalo, deu por si. Ela estava ali, sentada ao seu lado. Dizia qualquer coisa: "Que está achando da festa?" – ou era algo tão sem sentido como isso.

Mas era a pergunta essencial. Ela falava com ele. Ele a olhava, sem responder.

Como o silêncio se fosse estendendo e se tornando mais espesso, disse afinal que sim e logo: qual era o nome dela?

Ainda teve tempo de se arrepender da abordagem tão direta e desastrada, mas ela respondeu, e assim se puseram a falar banalidades, sorrindo.

Tinham já passado quatro anos desde que o espelho quebrado de súbito se recompusera. E de novo se quebrara, para outra vez se recompor. Agora esperava que voltasse de viagem.

Era uma espera longa. Desde a manhã do dia da chegada, andara de um lado para o outro. Sonhara desastres, desesperos de abandono em formas várias.

À medida que o sol ia descendo e ficando próxima a hora da chegada, mais certo de alguma obscura desgraça se ia tornando, mais se preparava para o final inevitável: ou não voltava mais, bêbeda de liberdade, seduzida pela distância, ou então voltava apenas para, depois do choque do reconhecimento, abandonar de vez a vida que tinha sido a ilusão de ambos.

O velho pesadelo se revelava em toda a sua extensão, e ele percebia que não se tinha interrompido em momento algum. Ele é que andara distraído.

O céu da tarde agora se fechava, quase violeta, e rebatia nas paredes da sala, que ficavam mais escuras. De dentro daquele cerne sombrio que era o corredor que subia para os quartos, sentia físico o terror antigo, o vácuo que era ter nascido de nada. Sem as imagens ligadas a um corpo, sem a voz que lhe cantasse cantigas sonolentas, sem o cheiro de comida no fogão, sentia-se solto, aéreo, numa contínua queda ou em eterna suspensão.

Foi assim que andou pela rua, voltou depois para casa, pegou o carro, abasteceu-o e dirigiu. Já era noite fechada. Quando afinal chegou a hora, depois de pôr as malas no carro, beijá-la rapidamente e começar a dirigir para casa, ainda teve um momento de vertigem, quando ela pôs a mão sobre a sua perna e perguntou, como se fosse de ontem a separação, se ele tinha estado bem.

Dirigindo levemente, pela faixa correta, na velocidade permitida, o mundo brilhava inteiro. Era uma noite de verão e a brisa quente, ao entrar pela janela do carro, agitava os cabelos dela e trazia, para as suas narinas já acostumadas, o perfume que dizia que sim, tudo repousava em paz, era mais um momento de completa quietação.

Visita

Lia um jornal sob o céu do dia tropical. As letras mostravam que era de um lugar distante. Em árabe, só as fotografias, poucas, eram compreensíveis.

Tinha vindo com pouco mais de vinte anos, desde Hasbaia, a princípio sozinho. Depois viera um irmão e, muitos anos depois, quando a vida estava melhor para ambos, mandaram vir a velha mãe, já quase caduca de tanto sofrer na terra de nascença.

Quando ele chegara, recebera a ajuda usual: o crédito para a mala, as peças de tecido, bugigangas várias. Sobre um cavalo emprestado, fez a primeira viagem com o patrício mais velho, que sabia as rotas tortuosas das fazendas de café.

Depois se habituou ao clima, ao cavalo e à língua. Tinha uma caderneta amarela, onde anotava as contas. Mês a mês, no mesmo périplo, recolhia uma prestação e deixava mais alguma coisa, em nova dívida que viria depois receber e trabalhar por aumentar.

O SANGUE DOS DIAS TRANSPARENTES

Como fosse alto e bem feito de rosto, e tivesse nos olhos bovinos uma bondade transparente, economizava bastante na comida. Tê-lo à mesa era uma distração, contando estropiadamente as misérias da terra natal, transmitindo a todos a idéia da felicidade que era o novo país, a gente cheia de alegria e a fartura de alimentos. Nem guerras, nem terremotos, nem desertos. Era o melhor dos mundos, logo pensavam todos, enquanto serviam os doces e ele economizava mais alguns tostões.

Em dez anos, tinha já uma pequena caminhonete, pagara as dívidas e agora podia ele mesmo emprestar a primeira mala, financiar os tecidos e adereços, e ensinar os caminhos da terra aos que não paravam de chegar.

Então se casou com uma italiana, fez a casa de pranchas de madeira à beira de uma fazenda inglesa e, ao invés de vender de porta em porta, estabeleceu-se no comércio geral para os colonos e pequenos sitiantes.

Com a caminhonete comprava nas vilas próximas. No balcão, distribuía aquilo e dali saía o sustento da família, que crescia regularmente a cada ano e meio.

Era pausada aquela vida. Plantara algumas oliveiras, que nunca deram azeitona. Tentara os figos e os pêssegos, logo comidos pelas lagartas e pelos pássaros. O gergelim, que devia espantar as saúvas, fora levado pelos outros insetos. Era possível só aquilo que já era do lugar: jabuticaba, manga, goiaba e abacaxi.

Mas junto ao forno de barro, como uma nota de música fugida à partitura, gotejava o saco branco de algodão onde coava a coalhada.

Não se sabia quando nascera. Era um dia de Páscoa, de um ano incerto. Por isso, sempre na Páscoa se celebrava na casa, sob as grandes mangueiras do quintal, a dupla ressurreição: a do Salvador e a do velho imigrante, renascido pela fuga do Líbano, pai de sete filhos, dono de um pequeno pedaço de chão e de quatro paredes cheias de arroz, feijão, fumo em corda e todas as demais necessidades imediatas.

114

Quando teve o primeiro derrame, passou a arrastar um pouco as pernas, mas ainda podia andar em volta do pomar. Quando teve o segundo, só a muito custo conseguia, nas manhãs de outono, ler o jornal sob o sol das dez, junto do forno no quintal.

Uma noite, sentindo-se mal, porque não controlava mais a casa e os primeiros traços da desordem nos negócios se impunham até à beira da sua cama, foi para o hospital da cidade, onde morreu pouco depois.

Num velho gravador de fita, dos primeiros que chegaram ao país, ainda está registrada a sua voz. Rouca, grave e pausada, com os ruídos todos da língua entre as palavras, vai narrando em sotaque pesado alguma história de nenhuma importância. Fala de uns pneus, do namorado da filha mais nova.

Pode-se imaginar o seu espanto e prazer, quando ouviu pela primeira vez a si mesmo. A maravilha da invenção, a pujança da filha que, casada, podia comprar aquela máquina esquisita.

Ouvindo-o, em trinta segundos cheios de chiados, quem poderia contar tudo o que seus olhos viram? O deserto, o azul das águas árabes, as costas da Itália, as colunas de Hércules e o assombro atlântico da travessia para um lugar vazio de família e de costumes. Quem poderia adivinhar, naquelas palavras soltas, rematadas com um riso rouco a que se seguia um começo de tosse de tabaco, a margem das matas que percorrera sobre o lombo de um burrico, enquanto divagava, calculando dívidas e lucros? O casamento, os filhos que foram nascendo sob aquelas telhas? A casa que fora aumentando, enfileirando os quartos numa serpentina complicada?

Nada. Nem o sangue que se espalhou misturado em tantas veias diferentes pode dizer mais do que a imagem vaga do retrato de casamento: o paletó folgado, o bigode reto sob as narinas, a mão pousada sobre a perna. Ali se pode ver que eram mesmo bovinos aqueles olhos empapuçados que olhavam tudo, nos últimos tempos, com doçura e quase abando-

O Sangue dos Dias Transparentes

no. O resto são apenas lembranças de histórias, traços de memória em gente que aos poucos também vai desaparecendo.

Cada dia mais difusa, sua imagem logo acabará sendo apenas o rosto sorridente numa lápide de mármore, sob o vidro coberto de mofo que o visitante eventual tanto pode ver como não ver.

Vulto

Começava a suar muito, naquele ponto da história. Repetida noite após noite, desde o adormecer já era previsível a hora de acordar. Primeiro, numa passagem rápida entre a vigília e o sono, deslizava sobre a superfície das palavras. As imagens surgiam, transformavam-se, deixavam-se apreender e depois escorriam para o fundo. Logo adiante tornavam a surgir e a desaparecer, até que mergulhasse no sono ou que se gerasse o sonho conhecido. Nem sempre era igual o enredo todo, mas a cena final, a da subida pelas escadas tentando se livrar das roupas coladas no corpo, era a mesma. Sentava-se de súbito na cama, ou se debatia ainda deitado, até que abrisse os olhos e sentisse o alívio de reconhecer o quarto, o espelho da porta do guarda-roupa, os cheiros conhecidos. Muitas vezes, a mulher acordava com aquela agitação e o abraçava dizendo que era um sonho apenas.

Era bom o conforto da carne conhecida. Aninhado entre os seios, ou respirando o resto do perfume do dia no meio dos cabelos dela, sobre os ombros, adormecia outra vez, protegido até a noite seguinte.

O Sangue dos Dias Transparentes

Aquela vez, porém, a história foi além do final costuma-do. Começou como sempre. Estava conversando com amigos. Era a casa velha, sozinha no meio do campo, com os quartos se estendendo infinitamente, uns após os outros. A cena era usualmente na cozinha, não muito longe de onde ainda estra-lavam as brasas no fogão. A luz das lamparinas amarelava os rostos e a oscilação da chama produzia movimentos nas som-bras projetadas na parede.

Não importava muito quem comia, ou quem bebia alguma coisa. Mas o tio mais novo, riscando a mesa com a ponta da faca, em desenhos sem fim nem começo, dizia sempre: "está na hora de ir ver os mortos".

Quando ele dizia isso, sempre começava uma outra con-versa, que levava à necessidade de se protegerem, de usarem roupas especiais, para evitar o contágio. O tio abria então um baú grande que ficava ao seu lado, tirava uns trajes estra-nhos, que todos vestiam.

Na seqüência, o baú era empurrado para trás, descobrin-do um alçapão, que se abria puxando por uma argola de ferro. Às vezes, não era preciso empurrar o baú: o alçapão estava do outro lado, no canto mais escuro e empoeirado da casa. E houve casos em que a descida se fez pelo poço do quintal, já seco e abandonado.

Desciam todos por uma escada de madeira, vertical. Como as que os pedreiros usam. Mas nunca era a mesma coisa que faziam lá embaixo. Algumas vezes olhavam cuidadosamente os túneis, que eram como catacumbas, tentando decifrar os sinais escritos na terra dura das paredes. Outras vezes, havia ali apenas uma gruta enorme, completamente escura, e tudo o que se via era o brilho imóvel dos olhos dos mortos, que eram verdes e oblongos como as pupilas de um gato. Também era possível que o final da escada levasse apenas a um outro túnel vertical, em que havia uma outra escada. Nesse caso, a presença dos mortos era apenas o seu cheiro podre. O nor-mal, porém, era encontrar os mortos em volta de uma mesa, como estátuas de cera. Não fosse por terem as formas já apagadas pelo acúmulo do pó e por uma espécie de ataduras que cobriam grandes pedaços dos corpos, seria possível pensar que tinham morrido há pouco, ou que tinham sido surpreendidos durante um ato corriqueiro. As ataduras, unindo a esmo uns corpos a outros corpos, eram entretanto um sinal de que a cena tinha sido montada depois que todos já tinham morrido.

Dependendo da ocasião, coisas diferentes aconteciam. Ou os olhos verdes começavam subitamente a piscar e a se deslocar no escuro, em movimentos erráticos, mas que os tornavam cada vez mais próximos, ou o cheiro mais intenso começava a se tornar insuportável, denunciando o toque iminente de um punho descarnado, ou então os comensais adquiriam lentos movimentos de mão e de boca, para logo tentarem se libertar das ataduras que os mantinham ligados aos seus lugares. O resultado, porém, era sempre o mesmo: a sensação de pavor, a fuga desabalada e a presença em toda a parte de uma figura imensa, até então insuspeitada, cujo riso de prazer envolvia a todos como uma brisa úmida, de cheiro azedo e fresco.

A corrida para as escadas era a parte pior, só superada pela percepção de que as roupas que usavam como proteção eram elas mesmas as peles dos defuntos. À medida que subiam, elas iam se tornando mais estreitas, mais pesadas. Apodreciam também, o que era a sorte de todos, que as iam arrancando aos pedaços, enquanto se atropelavam e se pisavam uns aos outros na ânsia de subir.

Livres, por fim, das peles mortas e malcheirosas, emergiam um a um sobre o chão da casa velha.

Já tinha pensado nisso: não importava onde estivesse a entrada do alçapão, a saída era sempre no cômodo ao lado do quarto do avô, uma saleta que dava para dois longos corredores invariavelmente escuros.

Era quase o fim: saindo, punham-se a correr pela casa, pois o cheiro daquela presença enorme, ao mesmo tempo quente e fresco, era mais forte para qualquer lado que se corresse. Estava claro, por alguma razão, que era a própria

O Sangue dos Dias Transparentes

Morte quem tinha esse cheiro azedo, atraente e aterrorizante. Era ela que ria, e também quem fazia ruídos sobre a cumeeira da casa, onde passavam, nas noites de verão, os ratos em busca de comida.

Ele, perdido dos outros, fazia sempre o mesmo caminho: evitava os corredores, entrava no quarto do velho avô, rompia as teias de aranha, sufocava com o pó que seus pés levantavam e corria para a janela. Era uma janela de madeira, tosca, de uma folha só. Tentava abri-la, em desespero, e sentia a presença mais forte, a aproximação anunciada pelo aumento do perfume horrível e entontecedor. Por fim, quando já sentia o deslocamento do ar causado pela entrada dela no quarto, conseguia abrir a janela e saltava para fora, correndo sobre a areia do pátio, no meio da noite.

Nesse momento despertava. Algumas vezes, ainda em pânico, tentando abrir a janela. Outras vezes, saltando por ela e sentindo que o terror se debruçava no parapeito para vê-lo correr, sem coragem de olhar para trás. Ou então acordava quando já corria sobre a areia, sozinho e sem direção.

Naquela noite, tinha sido diferente. Acordara sem um gemido, sem um grito, sem qualquer agitação. Apenas abrira os olhos. O quarto estava totalmente escuro.

Tinha sonhado mais, tinha ido até o fim. Saltara pela janela, correra sobre o enorme pátio de areia, que se estendia como um deserto imenso sob um céu sem nuvens e sem estrelas. Exausto, desabara sobre uma pequena duna. A casa já não era visível, nem ouvia mais os gritos dos outros correndo pelos corredores. Tudo parecia muito longe, como se nunca tivesse existido.

Encolhido, com os joelhos quase junto do queixo, estava começando a dormir. Foi então que sentiu a presença dela, tão ampla quanto a paisagem escura que não podia contemplar. Mais do que isso, percebeu que era ela aquela noite sem fim, dentro da qual ele dormia nu, como um menino. E foi justamente isso o que ele ouviu, nitidamente, vindo de nenhum lugar: de dentro da terra arenosa ou do fundo do céu

120

chapado, antes de abrir os olhos contra o teto escuro do seu próprio quarto: "meu menino".

Molhado de suor, recompunha a memória do que tinha acontecido, ainda imóvel.

Ficou assim por alguns segundos. Depois, sem virar a cabeça, sentiu nitidamente: do lado onde dormia a mulher, que era o seu lado esquerdo, ia se erguendo sobre ele uma sombra mais pesada que a escuridão do quarto, mais densa do que o suor pegajoso que escorria agora pelo seu pescoço. Virando-se, decidiu, pela primeira vez, pelo menos tentar aceitá-la e segurá-la entre os braços.

XPTO

As moças já não moravam no quarto andar. Mudaram-se no fim das aulas, na época do Natal. Na sacada tinham posto uma placa, anunciando o apartamento à venda. O homem do sexto andar, esse continuava lá. E todos os dias fazia a mesma coisa.

Era uma noite abafada. Andando pela casa, a sensação era de desconforto. Daquilo tudo, alguma coisa seria, por certo, alucinação.

Estava mesmo quente. Preparou um gim-tônica, bebeu rapidamente. Preparou outro, e depois um terceiro, que era quase só gim. Então se sentou, mais confortável, e encarou fixamente o texto que estava na tela do computador. Era o último e nem chegava a meia página.

Lembrou-se do final de semana no hotel, no meio das montanhas. A água estava fria e ninguém nadava. Caíam muitos insetos na piscina. A intervalos regulares o velho vinha com o coador na ponta de um cano de pvc, arrastando os pés, com um chapéu enorme na cabeça. Examinava a superfície da

O SANGUE DOS DIAS TRANSPARENTES

água e, em seguida, recolhia metodicamente os bichos, vivos ou já mortos, que boiavam. Várias vezes, depois que o velho se afastara, tinha tido uma espécie de prazer perverso de abandonar o copo e ir contemplar o serviço para ver se algum ainda flutuava sobre o desenho dos azulejos no fundo da piscina.

Quando abriu outra latinha de água tônica, forçou muito o dedo sobre a argola. Sentiu o ardor. A gota de sangue cresceu e começou a escorrer. Foi até a piscina, enfiou a mão na água. Olhou cuidadosamente, enquanto o pequeno corte ardia. Viu o sangue rapidamente desaparecer, absorvido pela água.

Tinha voltado para o seu lugar e dormido um pouco ao sol. Quando acordou, o dedo já nem parecia ferido e o velho estava outra vez recolhendo, na superfície da água, outros insetos semimortos.

Lembrou-se de que tinha ido, de novo, como cumprindo um ritual, olhar o fundo da piscina. Mas já não queria seguir os rumos pouco claros da memória.

Bateu com força na tecla do ponto, respirou, salvou o arquivo.

Pensou depois que o conjunto ainda não parecia suficientemente bom. Que sem dúvida (como talvez dissesse seu pai, na gíria dos velhos tempos, dos tempos do pai dele) ainda estava longe de estar XPTO.

Por um instante, ficou se perguntando por que diabos tinha voltado agora aquela expressão arcaica. Mas estava realmente cansado e já não queria pensar em nada. Estava ali, afinal, do jeito que era possível. O próximo passo seria apenas desligar o computador. Mas antes percorreu outra vez, com os olhos embaçados de álcool e de sono, lendo, um tanto indiferente já, aquela meia página, até a palavra que lhe dava fim.

Título	*O Sangue dos Dias Transparentes*
Autor	Paulo Franchetti
Editoração Eletrônica	Aline E. Sato
	Amanda E. de Almeida
Revisão	Geraldo Gerson de Souza
Formato	12 x 21 cm
Tipologia	Bodoni Book
Papel de Miolo	Pólen Soft 80 g/m^2
Papel de Capa	Cartão Supremo 250 g/m^2
Número de Páginas	124
Impressão	Lis Gráfica e Editora